कल्पना के उग आये पंख

गीतिका (हिन्दी ग़ज़ल) संग्रह

I0563387

कान्ति शुक्ला

साहित्यपीडिया पब्लिशिंग

साहित्यपीडिया पब्लिशिंग

नोएडा (भारत) – 201301

दूरभाष - (+91) -961-806-6119

ईमेल - publish@sahityapedia.com

वेबसाइट - publish.sahityapedia.com

प्रथम संस्करण – 2018

ISBN - 978-81-938344-4-2

समर्पण

अपनी बेटियों दीप्ति, तृप्ति और निधि को जिन्होंने संग्रह के
प्रकाशन की हठपूर्वक प्रेरणा दी।

आत्मकथ्य

गेयत्व और सघन आत्मानुभूति जिस रचना में पाई जाए, वह गीति काव्य माना जाता है। कवि अपनी सामाजिक सांस्कृतिक विशेषताओं के आधार पर स्व अनुभूतियों का प्रकाशन कविता के माध्यम से करता है। कवि की भावना सबल होती है जो हमारी प्रेरणाओं और अनूभूतियों को जाग्रत कर देतीं हैं। कवि की शुद्ध, शुचि और पारदर्शी दृष्टि किसी वस्तु के भीतर ऐसे भाव खोज लेती है जो पाठक अथवा श्रोता को सर्वथा नवीन, सत्य और तथ्यपूर्ण लगते हैं। इस स्वानुभूति का साथ देती है सूक्ष्म कल्पना जो सम्बन्धित वर्णन को इतना आत्मसात कर लेती है कि पाठक या श्रोता की भावनाएं उससे जुड़कर अपनी सी हो जातीं हैं - यही कवि की प्रतिभा और अन्तर्दृष्टि है। जो रचना सहज रूप में गेयत्व और स्वानुभूति पर अबलंबित होती है, सहज उद्गार उतनी ही तीव्रता से प्रवाहित होते हैं, उसकी कोमलता आनंददायी और मधुर होती है। कविता की मुख्य प्रेरणा ही आत्मानुभूति है और वही जब स्वाभाविक गतिमय होकर गेय स्वर लहरी में अभिव्यक्त होती है तो गीत और गीतिका बन जाती है। यह अनुभूति अत्यंत व्यापक है। व्यष्टि समष्टि और समग्र परिवेश के लिए भाव की तीव्रता सत्यता और सुकोमलता का घनीभूत प्रकाशन है।

कल्पना का प्राधान्य, सौन्दर्य सृष्टि की सूक्ष्मता, बोधगम्यता, भावुकता और सत्य का उद्‌घाटन एक संवेदनशील कवि अभिव्यक्ति की विभिन्न विधाओं के माध्यम द्वारा निरूपित करता है। विधा गीतिका

अभिव्यक्ति का एक सहज लोकप्रिय माध्यम है। गीतिका का शिल्प विधान पारंपरिक ग़ज़ल के अनुरूप ही है। हिन्दी भाषा के सरल, सहज ललित और अलंकृत शब्दों का प्रयोग और हिन्दी व्याकरण का अनुशीलन निस्संदेह भाव के आत्म प्रकाश का पल्लवन गीतिका के रूप में रागात्मक सत्य का संश्लिष्ट चित्र उकेर देता है। - यह भी निर्विवाद सत्य है कि छंद हमारी संस्कृति के अटूट अंग, गति और रागात्मक संस्कार हैं और स्वाभाविक रस- निष्पत्ति के लिए हमारे अनेकानेक सनातन छंद चाहे वह वर्णिक हों या मात्रिक गीतिका सृजन के लिए सर्वथा उपयुक्त हैं जिनको आधार मान भाषा शैली और संवेदनात्मक धरातल पर सुंदर सटीक गीतिकाएं रची जा सकतीं हैं। हमारे मापनी युक्त छंदों के आधार पर उर्दू की तमाम बहरे हैं। यह निर्विवाद सत्य है कि मापनी युक्त अथवा छंद आधारित शिल्पसम्मत गीतिका - सर्जना एक विशिष्ट सौन्दर्य, अपूर्व प्रभाव और रस निष्पादन करती है।

हिन्दी ग़ज़ल के लिए गीतिका शब्द का प्रयोग सर्वप्रथम पद्मश्री गोपालदास नीरज जी ने किया। दुष्यन्त कुमार जी ने अपनी ग़ज़लों में हिन्दी के शब्दों का भरपूर उपयोग करते हुए कालजयी रचनाएं कीं। वर्तमान में आचार्य ओम नीरव जी और प्रो. विश्वम्भर शुक्ल जी गीतिका के संबर्द्धन के लिए अथक प्रयास कर रहे हैं। आचार्य ओम नीरव जी ने अत्यंत श्रमसाध्य और सराहनीय शोधपरक कार्य करके अपने ग्रंथ द्वय 'गीतिका लोक' और 'गीतिका दर्पण' में ऐसे सनातन छंदों की जिनके आधार पर गीतिकाएं रचीं जा सकें, अन्य महत्वपूर्ण और उपयोगी जानकारी के साथ

छंदों की सहज सुगम विस्तृत व्याख्या करके वाचिक मापनियों को सुबोधगम्य ढंग से वर्गीकृत किया है और ये संग्रणीय ग्रंथ नव रचनाकारों के लिए प्रेरणा-स्त्रोत और दिशानिर्देशक बन गए हैं।

समाज और व्यक्ति के लिए कविता की उपादेयता को कभी नकारा नहीं जा सकता। भाव, विचार, कल्पना, शिल्प और अनुभूति में भाव तत्व हमारी चेतना को तीव्रता से आंदोलित करता है। कविता में वह बल है जो शक्ति का संचार और सौन्दर्य बोध को जाग्रत करता है। कविता सदा से ही मानव की प्रेरक और अवलंब रही है जो हर्ष, विषाद, प्रेम, संयोग-वियोग, प्रकृति, देश प्रेम के अनेक प्रयोजनों में सार्वभौमिक उदात्त कल्पना, उत्तम कथ्य, उत्कृष्ट भाव और सार्थक विचार के माध्यम से कलात्मक मूल्यों के महत्व को उद् भासित करती रही है। काव्य का लक्ष्य भावों और रसों की व्यंजना है।

यह संग्रह भी मेरे मनोभावों और स्वानुभूतियों की अभिव्यक्ति का एक अकिंचन प्रयास मात्र है जिसकी प्रेरणा के लिए मैं परम शक्तिमान ईश्वर, अपने परिवार और स्नेही स्वजनों की ऋणी हूँ। अपने नन्हे भैया ओम नीरव जी के अतिशय स्नेह और प्रेरक दिशा बोध हेतु ह्रदय से कृतज्ञ हूँ जिन्होंने अति अल्प समय में मनोयोग से मेरी गीतिकाओं पर मनन कर भूमिका लिखने का अनुग्रह किया और वांछित सुझाव दिए। अपने भ्राताश्री प्रो. विश्वम्भर शुक्ल जी को सादर हार्दिक कृतज्ञता ज्ञापित करती हूँ जिनकी स्नेहिल प्रेरणा और मार्गदर्शन मेरा संबल है। अब संग्रह आपके

हाथों में हैं। अपनी प्रतिक्रियाओं से अवश्य अवगत कराएंगे, ऐसी अपेक्षा है।

'बन अपराजित दीप, नेह-बाती का दृढ़ आकार लिखूँ।
आशा और विश्वास संजोए मृदु मन के श्रृंगार लिखूँ।
सरस मधुर स्वर की डोली में लय की वधू विराजित कर-
द्रवित प्राण से विधा गीतिका की अमृत सम धार लिखूँ।'

कान्ति शुक्ला
एम.आई.जी.-35, डी सेक्टर
अयोध्या नगर
भोपाल (म.प्र.)

पुरोवाक्

लय का एक निश्चित व्याकरण होता है। लय केव्याकरण को उर्दू कविता में बहर के नाम से और हिन्दी कविता में छंद के नाम से जाना जाता है। उर्दू ग़ज़ल में बहर को ही लय का आधार माना जाता है। हिन्दी ग़ज़ल की लय भी बहर पर आधारित होती है लेकिन जब हिन्दी में ऐसी ग़ज़लें रची जाती हैं जिनकी लय का आधार हिन्दी छंद होते हैं और विशेषतः ऐसे हिन्दी छंद होते हैं जिनके समतुल्य कोई बहर होती ही नहीं है तो वे रचनाएँ ग़ज़ल की परिधि से बाहर चली जाती हैं। तब ग़ज़ल के मूल स्वरूप को अक्षुण्ण बनाए रखने के लिए ऐसी रचनाओं को कोई नया नाम देना आवश्यक हो जाता है। अस्तु, जिन ग़ज़लों में हिन्दी भाषा का वर्चस्व, हिन्दी व्याकरण की अनिवार्यता और लय का आधार हिन्दी छंद होते हैं उन्हें गीतिका का नाम दिया गया है। मैंने अपने लक्षण ग्रंथ 'गीतिका दर्पण' में गीतिका विधा को इस प्रकार परिभाषित किया है- "गीतिका हिन्दी भाषा-व्याकरण पर पल्लवित एक विशिष्ट काव्य विधा है जिसमें मुख्यतः हिन्दी छंदों पर आधारित दो-दो लयात्मक पंक्तियों के स्वतंत्र अभिव्यक्ति एवं विशेष कहन वाले पाँच या अधिक युग्म होते हैं जिनमें से प्रथम युग्म की दोनों पंक्तियाँ तुकान्त और अन्य युग्मों की पहली पंक्ति अतुकांत तथा दूसरी पंक्ति समतुकान्त होती है।'

हिन्दी और उर्दू पर समान अधिकार के साथ बहरों और छंदों में पारंगत विदुषी कवयित्री कान्ति शुक्ला ने ऐसी हिन्दी ग़ज़लों का सृजन

किया है जिनमें हिन्दी भाषा का वर्चस्व, हिन्दी व्याकरण की अनिवार्यता और हिन्दी छंदों पर आधारित लय है। कान्ति जी की ऐसी प्राणवान हिन्दी ग़ज़लों या गीतिकाओं का अनुपम संग्रह है – 'कल्पना के उग आये पंख'जो हिन्दी काव्य-संसार के लिए एक अनमोल उपहार है।

समर्थ काव्य-साधिकाकान्ति जी के पास एक संवेदनशील हृदय है, यथार्थ को समझने का नीर-क्षीर विवेक है, कुछ नया ग्रहण करने की बाल-सुलभ जिज्ञासा है, सहयोगी मित्रों के प्रति कृतज्ञता भाव है और नव सृजन के लिए अदम्य उत्साह तथा अक्षय ऊर्जा है। इन गुणों के कारण आपकी लेखनी से प्रसूत गीतिकाएँ व्यक्ति और समाज के यथार्थ को काव्य सौन्दर्य के साथ प्रस्तुत करती हैं और सामान्य जन-मानस के निकट प्रतीत होती हैं। आपने अपनी गीतिकाओं में मुख्य रूप से अध्यात्म-दर्शन को अपना वर्ण्य विषय बनाया है किन्तु इसके साथ युग्मों में व्यक्ति, परिवार, समाज और राष्ट्र की समस्याओं का समावेश करते हुए इनकी विसंगतियों-विकृतियों पर न केवल चिंता व्यक्त की है अपितु उनके निराकरण के उपाय भी सुझाए हैं। इस विषय वैविध्य के साथ आपकी रचनाओं में 'एको रसः करुणमेव हि तत्समस्तम्'की उक्ति को सार्थक करते हुए करुणा का वर्चस्व सर्वत्र दिखायी देता है। कुछ उदाहरण द्रष्टव्य-

सपने कराहते हैं, नीरव निशा सताती।
वो कौन वेदना है रह-रह मुझे रुलाती।

जब जगत के क्रूर से, संताप नैनों में पलें
धीर धर कर मन कड़ा कर, मुस्कराना सीख ले।

...

अंगारों के शब्द तपन की लय पर छंद बना लेती हूँ।
श्रम के अभिनव शृंगारों पर मन के भाव सजा लेती हूँ।

...

नयनोदक के हर मुक्ता का मैं गलहार बना लेती हूँ।
अन्तर्तम की व्यथा छुपाए मैं खुल कर मुस्का लेती हूँ।

...

हर्ष उल्लास अभिव्यक्त कैसे करें
यदि भरा मन में करुणा का उद् गार हो।

...

पान करके शिव गरल सम्मान के भागी बने
जल रहा है कंठ लेकिन सर्वहित की कामना।

साहित्य समाज का जीवन्त दर्पण होता है - इस उक्ति को सार्थक करते हुए आपकी गीतिकाओं में स्थान-स्थान पर लोकमंगलकारी संदेश प्रभावशाली कहन के साथ मुखरित होता दिखाई देता है जिससे साहित्य का सत्यं शिवं सुंदरम् स्वरूप स्वतः साकार हो उठता है, यथा-

कंटकों की राह पर तू, पग जमाना सीख ले।
श्रम नहीं होता अकारथ, लक्ष्य पाना सीख ले।

...

दूर अपनी जड़ों से मनुज हो रहा।
जागने का समय है मगर सो रहा।

...

मन में तो विषधर पलते हैं।
लेकिन हम झुक कर मिलते हैं।

...

तेजपुंज आदि शक्ति राष्ट्र-शान बेटियां।
मातृ रूप सुख अनूप गेह-मान बेटियां।

'कल्पना के उग आये पंख'की अधिकांश गीतिकाएँ परिष्कृत हिन्दी खड़ी बोली में हैं जिनमें विषयानुकूल ध्वन्यात्मक शब्द-संयोजन का सौष्ठव दिखाई देता है, उदाहरणार्थ-

हिमश्रृंगों को छूकर कैसी चली शीत-लहरी।
नखरीली है धूप न जाने कौन देश ठहरी।

कतिपय गीतिकाओं में कान्ति जी का उर्दू के प्रति झुकाव भी देखा जा सकता है। तथापि आपके द्वारा प्रयुक्त उर्दू शब्द प्रायः ऐसे हैं जो हिन्दी

की बोलचाल में रचे-बसे हैं और उनके प्रयोग से अभिव्यक्ति की प्रखरता में अभिवृद्धि हुई है। कविता के स्वरूप पर आपके अपने विचार द्दष्टव्य हैं-

मृदुल शब्द हों रस भरे से अलंकृत
लिए छंद- सौरभ सजीला सृजन हो।

गीतिकाओं के शिल्प पर विचार करें तो स्पष्ट होता है कि आपने गीतिका की अवधारणा के अनुरूप हिन्दी छंदों को प्रचुरता के साथ लय का आधार बनाया है। मेरी द्दष्टि में आये ऐसे कुछ छंदों का संक्षिप्त परिचय के साथ सोदाहरण उल्लेख आवश्यक प्रतीत होता है-

1. शक्ति छंद, मापनी- लगागा लगागा लगागा लगा, बड़ी राह दुर्गम सँभल कर चलो।
2. आनंदवर्धक छंद, मापनी- गालगागा गालगागा गालगा, आहटों पर चौंक जाना आगया।
3. पारिजात छंद, मापनी- गालगागा लगालगा गागा, याद मैंने कभी किया होगा।
4. विधाता छंद, मापनी- लगागागा लगागागा लगागागा लगागागा, मिले जो कूल सरिता के, बहेगी किस तरह धारा।
5. चौपाई छंद, विधान- 16 मात्रा, अंत में गाल वर्जित, मन में तो विषधर पलते हैं।
6. शृंगार छंद, विधान- 16 मात्रा, आदि में त्रिकल-द्विकल, अंत में त्रिकल, नहीं मिल पाते मन के मीत।

7. मनोरम छंद, मापनी- गालगागा गालगागा, खो गई सम्वेदना है।

8. वीर/आल्ह छंद, विधान- 31 मात्रा, 16, 15 पर यति, अंत में गाल, कभी आग की बलिवेदी पर, कभी कोख में डाला मार।

9. वाचिक बाला छंद, मापनी- गालगा गालगा गालगा गा, चाँदनी अब लुभाती नहीं है।

10. विष्णुपद छंद, विधान- 26 मात्रा, 16.10 पर यति, अंत में गा, हिमश्रृंगों को छूकर कैसी चली शीत-लहरी।

11. विजात छंद, मापनी- लगागागा लगागागा, कभी तुम प्यार पढ़ लेना।

12. हरिगीतिका छंद, मापनी- गागालगा गागालगा गागालगा गागालगा, आसान तो होतीं नहीं, राहें कभी बलिदान की।

13. तारासरालगा छंद, मापनी- गागाल गालगाल लगागाल गालगा, रिश्तों के नाम दाग लगाते हैं आजकल।

14. वाचिक भुजंगप्रयात छंद, मापनी- लगागा लगागा लगागा लगागा, अगर है भरोसा जताना पड़ेगा।

15. वाचिक रातागा छंद, मापनी- गालगागा गालगा, रंज कितने सह गए।

16. वाचिक स्रग्विणी छन्द, मापनी- गालगा गालगा गालगा गालगा, याद तुझको करें याद आएं तुझे।

17. रूपमाला छन्द, मापनी- गालगागा गालगागा गालगागा गाल, आज मौसम रच रहे हैं कुछ कुटिल अभियान

18. सुखदा छन्द, विधान- 22 मात्रा, 12, 10 पर यति, मेरा साया मुझसे आँख मिलाता है।

19. वाचिक द्वियशोदा छन्द, मापनी- लगालगागालगालगागा, धरा निखरती सुहा रही है।

20. सरसी छन्द, विधान- 27 मात्रा, 16, 11 पर यति, अंत में गाल, नारी जीवन को बिधना ने, दिये सजल उपहार।

21. रोली छन्द, 22 मात्रा, 11, 11 पर यति, मध्य यति से पूर्व और पश्चात त्रिकल, आया नवल विहान, समीरण मृदु डोला।

22. वाचिक सार्द्धमनोरम छन्द, मापनी- गालगागा गालगागा गालगागा, आह विषधर कौन सी माँ ने जने हैं।

23. वाचिक गंगोदक छन्द, मापनी- गालगा गालगा गालगा गालगा, गालगा गालगा गालगा गालगा, लेखनी कर रही है व्यथा को नमन, मैं प्रखर सत्य जग को सुनाती रहूँ।

24. लावणी छन्द, विधान- 30 मात्रा, 16, 14 पर यति, अंत मेंगा, व्यथा लिखें उपचार लिखें या, आँसू के उपहार लिखें।

25. वाचिक चामर छन्द, मापनी- गालगाल गालगाल, गालगाल गालगा, मातृ रूप सुख अनूप गेह-मान बेटियाँ।

26. निश्चल छन्द, विधान- 23 मात्रा, 16, 7 पर यति, अंत में गाल, मोह, क्रोध, लालच है छलना, करना त्याग।

27. वाचिक द्विसमानिका छन्द, मापनी- गालगाल गालगा गालगाल गालगा, चाल है फरेब की, कर रहे प्रवंचना।

28. सगुण छन्द, विधान- 19 मात्रा, लगागा लगागा लगागा लगाल, महकता हुआ मन-सुमन का निखार।

29. सार छन्द, विधान- 28 मात्रा, 16, 12 पर यति, अंत में वाचिक गागा, जो वंचित हैं सुख-वैभव से, उनको गले लगाएं।

30. मानव छन्द, विधान- 14 मात्रा, अंत गा, प्रतिफल की प्रत्याशा है।

31. बिहारी छन्द, मापनी- गागाल लगागाल लगागाल लगागा, हे राम कृपा धाम रटूँ नाम तिहारा।

32. वाचिक पंचचामर छन्द, मापनी- लगालगा लगालगालगालगा लगालगा, सदा रहे उदारता, परोपकार कामना।

33. गीतिका छन्द, मापनी- गालगागा गालगागा गालगागा गालगा, प्राण लगता लौट आये वो सुहानी शाम है।

34. दिग्पाल छन्द, मापनी- गागाल गालगागा गागाल गालगागा, सपने कराहते हैं, नीरव निशा सताती।

35. पदपादाकुलक छन्द, विधान- 16 मात्रा, आदि में द्विकल, इस द्विकल बाद यदि एक त्रिकल आये तो उसके बाद पुनः त्रिकल, सुख दुख में जब हों सम विचार।

इसप्रकार कान्ति जी ने नये-नये छंदों का प्रयोग कर अपनी गीतिकाओं में लयात्मक विविधिता लाने का विलक्षण प्रयोग किया हैं। किसी रचनाकार की गीतिकाओं में आधार छंदों की इतनी चमत्कारी विविधता प्रायः दूभर है। आपका हिन्दी छंदों के प्रति यह अनुराग अप्रतिम

है। हिन्दी ग़ज़ल के परिष्कृत स्वरूप में गीतिका विधा के संवर्धन की दिशा में आपका यह संकल्पित सृजन अभिनंदनीय है।

समग्रतः प्रयोगधर्मी अध्यवसायी विदुषी कवयित्री कान्ति शुक्ला प्रणीत हिन्दी ग़ज़ल-गीतिका संग्रह 'कल्पना के उग आये पंख' पुनः-पुनः पठनीय एवं संग्रहणीय है। मुझे विश्वास है कि यह कृति हिन्दी छंदों के संवर्धन में महत्वपूर्ण भूमिका निभाते हुए हिन्दी कविता में एक अलग पहचान बनाने और यथेष्ट सम्मान प्राप्त करने में सफल होगी। कृति और कृतिकार दोनों के लिए मेरी अशेष शुभकामनाएँ!

ओम नीरव
संस्थापक अध्यक्ष,
कवितालोक सृजन संस्थान, लखनऊ।
चलभाष- 8299034545

कल्पना के उग आये पंख: एक अनूठी गीतिका कृति

भाववेशित कल्पना लेती मृदुल आकार
रंग सुख दुख के चढ़ाता तत्वदर्शी ज्ञान।

- ये सारगर्भित पंक्तियाँ उस गीतिका- शतक से हैं जिसकी कृतिकार भोपाल की सुविख्यात कवयित्री कान्ति शुक्ला 'उर्मि' हैं। 'कल्पना के उग आये पंख' गीतिका -शतक कृति पर समीक्षात्मक दृष्टि डालने से पूर्व ग़ज़ल समरूप हिन्दी की स्वतंत्र विधा 'गीतिका' पर बात करना आवश्यक प्रतीत होता है।

समय के साथ साथ आज हिन्दी काव्य की दिशा भी बदली है, नये बिम्ब, नये प्रतीक, नवल दृष्टि और नव -विधा के विविध रूप निरंतर प्रकट हो रहे हैं। महाप्राण निराला से आरम्भ हुई 'गीतिका' की स्वतंत्र अभिव्यक्ति आज बहुत आगे बढ़ चुकी है। निराला जी ने गीतिका छंद से इतर अपने प्रगीतों को 'गीतिका' शीर्षक देकर इस नव्य काव्य की विधा का शंख फूँक दिया था। बाद में लोकप्रिय कवि गोपालदास नीरज जी ने ग़ज़ल को हिन्दी की स्वतंत्र विधा के रूप में प्रतिष्ठित किया। कवि दुष्यंत कुमार ने ग़ज़ल को पारंपरिक दुरूह बाग्जाल से निकालकर जीवन के विभिन्न पहलुओं से जोड़ा। उनकी रचनाओं में हिन्दी गीतिका के स्वर उभरे हैं, भले ही उन्हें ग़ज़ल कहकर पुकारा गया हो बाद के हिन्दी के अनेक रचनाकारों के

मुक्तकों और गीतों में गीतिका सृजन का सरोकार प्रमुख रूप से मुखरित हुआ। आज 'गीतिका' हिन्दी की एक स्वतंत्र काव्य-विधा के रूप में उभरी है। यह गीतिका न तो पुराना गीतिका छंद है और न पुराना हरिगीतिका छंद। हां, इन दोनों छंदों पर आधारित गीतिकाएं भी लिखी जा रही हैं, किन्तु ऐसी गीतिका का स्वतंत्र अस्तित्व है। आज शताधिक रचनाकार गीतिकाएं लिख रहे हैं। गीतिका ग़ज़ल नही है, उसके समानांतर एक समरूप विधा है। गीतिका सहज निर्झरणी की तरह भी प्रवहमान है और विविध छंदों पर भी आधारित है। इसके दोनों स्वरुप प्रचलित हैं, गीतिका हिन्दी की एक सम्पूर्ण काव्य-विधा है और यह मात्रिक, वार्णिक, छान्दस, गेय एवं लयात्मक है।

छान्दस सृजन की हिन्दी काव्य-विधा गीतिका के माध्यम से कथ्य, शिल्प, रस, अलंकार से सुसज्जित उत्तमोत्तम साहित्य -सृजन की पहचान बन चुकीं हैं कान्ति शुक्ला 'उर्मि' जी। उनकी सहज नवोन्मेषी गीतिकाएं मोहक हैं और आज के पाठक का ध्यान आकर्षित करती हैं।

एक मनोहारी गीतिका की कुछ पंक्तियाँ द्रष्टव्य हैं, इनमें प्रकृति का नैसर्गिक सौन्दर्य और मानवीकरण देखते ही बनता है-

झूम कर आईं हवाएं कह रहीं
अब हमें भी गुनगुनाना आ गया।

-

कूल सरिता के हुए पुलकित मृदुल
जोश लहरों को जताना आ गया।

- अनूठी भाव-व्यंजना है इस युग्म में-

दूब की सेजें सजीं हैं ओस से
चाँद को नजरें चुराना आ गया।

समय आज के बदलते परिवेश में चिंतन की एक रेख रचनाकार के माथे पर खींच देता है और तब ये पंक्तियाँ बहुत कुछ कह जाती हैं, भावना स्वार्थी हो गई है और चाहना यांत्रिक -

स्वार्थ साधें यही कामना है।
खो गई नेह की भावना है।

है नहीं आज आश्वस्त कोई
यंत्र सी हो गई चाहना है।

युवा मन अब कैसा हो गया है, कहाँ ले जायेगी उन्हें यह आत्मघाती प्रवृत्ति, देखें-

क्रोध आवेश की ग्रंथियां हैं
हो रही शून्य सी चेतना है।

-

भ्रांत से हो गए ये युवा भी
आत्मघाती हुई वांछना है।

ज़िंदगी को लेकर एक बहुत ही सार्थक गीतिका देखें जिसमें ज़िन्दगी के
अर्थ बदल गए हैं, जीत है, हार है, क्रोध भरा उदगार है, विवशता है और
आँसुओं का उपहार है किन्तु फिर भी मुस्कानों का द्वार है ज़िन्दगी -

आज बनी लाचार जिंदगी।
आँसू का उपहार जिंदगी।

आस छुड़ाती आंचल अपना
क्रोध भरा उद्गार जिंदगी।

घोर परिश्रम करते बीते
कभी जीत औ' हार जिंदगी।

नेह मिला तो आँखें छलकीं
मान भरा उपकार जिंदगी।

हार नहीं मानी है फिर भी
मुस्कानों का द्वार जिंदगी।

*

लघु मापनी पर एक बहुत सुन्दर विशेष रचना जिसमें सहज भावाभिव्यक्ति
सरल किन्तु प्रभावी युग्मों से परिलक्षित होती है -

रंज कितने सह गए।
फिर भी जिंदा रह गए।

लाख चाहा थाम लें
अश्क थे कि बह गए।

जब्त का था हौसला
तुमसे कैसे कह गए।

थी उजालों की तलब
पर अँधेरे रह गए।

पा लीं तुमने मंजिलें
राह में हम रह गए।

अब देखें काव्य-सौष्ठव एक अनूठा उदाहरण जो मनोहारी भी है और सामाजिक समरसता का संदेश भी देता है मनुज हैं तो मनुजता निभाएं/अगर है भरोसा जताना पड़ेगा/किया प्रेम है तो निभाना पड़ेगा।

-

चलें साथ मिलकर तभी तो सफल हों/परस्पर हमें दिल मिलाना पड़ेगा /मनुज का मिला जन्म सीखें मनुजता/प्रभू को हमें मुख दिखाना पड़ेगा।

सुन्दर युग्म से समापन किया गया है इस गीतिका का-

न सावन, न रिमझिम, न ठंडी फुहारें,
उमस ताप से तन जलाना पड़ेगा।

मनुष्य के दोहरे आचरण पर कशाघात करती हुई एक रचना के इस युग्म में कम शब्दों में कितनी बड़ी बात कह दी गई है -

मन में तो विषधर पलते हैं।
लेकिन हम झुक कर मिलते हैं।

इसी सन्दर्भ में एक और रचना के कुछ युग्म पठनीय हैं -

सम्बंधों की सब संज्ञाएं सर्वनाम भूले।
जो भवनों में कैद हुए वो सुबह शाम भूले।

पिंजरे के हीरामन वैसे बहुत चहकते थे
मिली रिहाई जब से उनको राम नाम भूले।

राष्ट्र के पहरुओं को नमन करती एक रचना द्रष्टव्य है-

जो देश की ख़ातिर जिएं और देश की ख़ातिर मरें
उनसे सलामत है सदा से, आन हिंदुस्तान की।

वे हैं सजग प्रहरी, नहीं कोई टिकेगा सामने
इस वीरता-आलोक में है आब भी अभिमान की।

लेकर तिरंगा हाथ में, बढ़ते रहें आगे सदा
ये हौसला ये शान ही यश कीर्ति औ' सम्मान की।

करते नमन कर जोड़ के, अपने जवानों का सभी
जिन बाँकुरों को रात दिन, चिंता हमारे मान की।

बात जब देश की बेटियों की हो तो उर्मि जी की लेखनी सामाजिक सरोकार और चिंतन पर कितनी मुखर है यह इस गीतिका में देखें, वह बालिका जो जन्म से उपेक्षित है, कभी कोख में मार दी जाती है, कभी नारी होने का दंश झेलती है,

कभी आग की लपटों के हवाले कर दी जाती रही है, आज बदल चुकी है, शिक्षित और जागरूक बेटी में भवानी की अपार शक्ति है भले ही कोमल कान्त कलेवर है उसका, उसे सारे संसार पर विजय पानी है अब तो, आल्ह छंद में लिखी यह गीत्तिका अनुपम और कालजयी है -

कभी आग की बलिवेदी पर, कभी कोख में डाला मार।
युग-युग से जलते अंतर में, कितनी लपटों की भरमार।

रही उपेक्षित जनम-जनम से, कभी न पाया लाड़-दुलार।
बोझ समझ कर जिसे पालते, कुटिल भर्त्सना दुर्व्यवहार।

अब अवसर आया बेटी का, कभी न मानेगी ये हार।
सजग परिश्रमी लगनशील है, लिए नवल संकल्प विचार।

कोमल कांत कलेवर में भी, निहित भवानी- शक्ति अपार।
कर्तव्यों में बंधी है लेकिन, पाने को अपना अधिकार।

सुगढ़ सुशिक्षिता मृदु कलिका सी, महकाती है घर औ' द्वार।
जागृति का अभिषेक किए है, जीतेगी सारा संसार।

कवयित्री कान्ति जी का रचना संसार अद्भुत, विस्तृत आकाश सा सभी कुछ अपने में समेटे हुए है, मनुज, जल, थल, सागर, प्रकृति, सरोकार, सन्देश, आव्हान और दृढ संकल्प -

चेतना में दामिनी सी कौंधती
उठ रहे हैं भाव भी अधिकार से।

बीच राहों में नहीं रुकना मुझे
मैं नहीं डरती किसी भी हार से।

कल्पनाएं मुक्त हो व्यापक हुईं
ज्यों समंदर में उठे हों ज्वार से।

प्रकृति चित्रण, मानवीय सम्वेदना और सामाजिक सरोकार की सशक्त रचनाकार कान्ति जी की कविताओं में जीवन के विविध रँग कागज के कैनवास पर शब्दों की तूलिका से अद्भुत छटा बिखेरते दृष्टिगत होते हैं। 'कल्पना के उग आये पंख' में मृदुल अभिव्यंजना के साथ साथ सामाजिक विसंगतियों व अपसंस्कृति पर कशाघात मुखर होकर किये गए हैं, यही इस काव्य-कृति की विशेषता है।

मेरा विश्वास है कि हिन्दी काव्याकाश में यह अनूठी कृति प्रखर रश्मियों की उजास बिखेरते हुए गीतिका काव्य-विधा, शिल्प एवं कथ्य-तथ्य की सशक्त पहचान बनेगी।

शुभमस्तु

प्रो. विश्वम्भर शुक्ल

(पूर्व प्राचार्य, छत्रपति शाहू जी महाराज कानपुर विश्वविद्यालय सम्बद्ध सी.जी.एन. पोस्ट -ग्रेजुएट कालेज, गोलागोकर्णनाथ-खीरी, उ.प्र.)

संस्थापक अध्यक्ष, 'मुक्तक-लोक'- सम्पूर्ण हिन्दी काव्यांगन, लखनऊ

संपर्क- 84, त्रिवेणी नगर -1,
डालीगंज रेलवे क्रासिंग के निकट,
लखनऊ- 226 020
चलभाष – 9415325246

1)

जपा नाम उसका न अच्छा भला।
किया छल कपट स्वंय को ही छला।

बड़ी राह दुर्गम सँभल कर चलो
सुगढ़ सीख लो जिंदगी की कला।

प्रभू का सहारा न मिलता जिसे
वही अंत में हाथ खाली मला।

वही राग मीठा लुभाता हमें
करुण रस पगा भाव में हो ढ़ला।

हमारा तुम्हारा न करना कभी
परस्पर निभा प्रीत जीवन चला।

2)

आज सपने हो गए साकार से।
जी उठे हम फिर किसी मनुहार से।

नेह की धारा बही चारों तरफ
हो रहे समभाव के विस्तार से।

बज रही मन प्राण में धुन माधुरी
क्षीण सांसों में छिड़े मृदु तार से।

हो गए जीवंत से होकर मुखर
ये हृदय के अनकहे उद् गार से।

चेतना में दामिनी सी कौंधती
उठ रहे हैं भाव भी अधिकार से।

बीच राहों में नहीं रुकना मुझे
मैं नहीं डरती किसी भी हार से।

कल्पनाएं मुक्त हो व्यापक हुईं
ज्यों समंदर में उठे हों ज्वार से।

3)

आहटों पर चौंक जाना आगया।
राह में पलकें बिछाना आ गया।

जल रहे अनुभाव अंतस के प्रखर
मेघ यादों के बुलाना आ गया।

आज सांसों में बजी सरगम मधुर
अब हमें भी गीत गाना आ गया।

लेखनी की नोंक में आहें सजल
याद वो बीता जमाना आ गया।

संकटों की आँधियों में जो जले
आस का दीपक जलाना आ गया।

൫

4)

याद मैंने कभी किया होगा।
हिचकियों ने बता दिया होगा।

आप तो भूलकर नहीं आये
राह ने भी परख लिया होगा।

घाव तो आज भी कसकता है
जिसको मैंने कभी सिया होगा।

आँख में बर्फ सा जमा आकर
अश्क़ का जाम जो पिया होगा।

खो गया वो हसीन पल तो क्या
आपने खूब जी लिया होगा।

℘

5)

मिले जो कूल सरिता के, बहेगी किस तरह धारा।
नहीं उन्मुक्त होता मन, प्रबल है देह की कारा।

कहीं पर चैन मिल जाए, नहीं संभावना दिखती
यहाँ पर मन भटकता है, अभागा मोह का मारा।

न अपने हैं न बन पाते, बनाने से कभी अपने
रहे मतलब भरे रिश्ते, भरम मुझको रहा सारा।

कभी जो भाव में बहकर, बढ़ाता है क़दम आगे
नहीं आसान पथ है वो हमेशा जीत कर हारा।

गया वो छोड़कर मुझको, न वापस लौटकर आया
मुझे कैसे भुला बैठा, कभी था आँख का तारा।

6)

जिनको प्रीत निभाना आता।
नेह-सुधा बरसाना आता।

जीते हैं जो स्वाभिमान से
हर शै से टकराना आता।

जिनके अधरों पर है स्मित मृदु
अपना उन्हें बनाना आता।

पा जाते मंजिल वो राही
जो पथ पाँव जमाना आता।

हो जाता कुछ नाम कदाचित
दिल के घाव दिखाना आता।

कुछ कहते कुछ सुन लेते यदि
बिगड़ी बात बनाना आता।

अपना -अपना सब कहते पर
दिल से भी अपनाना आता।

महिमामंडित भी हो जाते
काश! हुनर दिखलाना आता।

7)

हम निज को खोजें निज बल में।
मोहन खोजें ब्रज-हलचल में।

नीड़ बनाकर चहके जिस पर
उस कदंब के शाखा दल में।

यमुना की पावन लहरों पर
अमर धार के स्तोत्र सबल में।

कुंज कुंज मधुवन उपवन के
फूल कली तरु ओस धवल में।

बांस कांस का गहन प्रांत थल
किरणों की आभा चंचल में।

गोप गोपिका गउँए गिरिवर
जसुदा के ममता आंचल में।

रास, धेनु, वंशी -स्वर लहरी
राधा की शुचि प्रीत प्रबल में।

8)

नहीं मिल पाते मन के मीत।
हृदय जो साधिकार लें जीत।

मौन मत रहो, करो कुछ बात
तभी अंतस की पिघले शीत।

जो होगा सहज आत्म विश्वास
नहीं फिर होगे जग में भीत।

भ्रमर-गुंजन कलरव के गान
कभी सुन कर देखो ये गीत।

वेदनाजन्य   मिलें   उपहार
यही जग निष्ठुर की है रीत।

यही सरिता का कलकल नाद
नदी-धारा सी बहती प्रीत।

कभी थे पाहन सरस सजीव
गए वे मधुमय दिन हैं बीत।

9)

खो गई समवेदना है।
नेह की अवहेलना है।

है नहीं आश्वस्त कोई
छटपटाती चेतना है।

लग रहा है काल आदिम
दानवी उत्तेजना है।

अब मनुजता है निरुत्तर
मौन हो सब देखना है।

है नहीं विश्वास निश्छल
नित्य धोखे झेलना है।

है प्रदर्शन की ललक
कथ्य में अतिरंजना है।

असि प्रखर की धार पर
चल रही मनकामना है।

है किसे फुर्सत सुनेगा
इसलिए चुप वेदना है।

10)

हवा जब दर हमारा खटखटाती है।
नयी आहट नयी आवाज आती है

बहारों की चुभन क्या है तभी समझे
ख़िजां सी बन कभी जब वो डराती है।

हमें तुम पर भरोसा है यकीं मानो
वफ़ा अपनी यही धीरज बंधाती है।

उदासी छा रही है शाम से ऐसी
कदम भी रात धीरे से उठाती है।

किसी की राह रौशन कर सकें हम भी
दिया इक आस का चाहत जगाती है।

11)

कभी आग की बलिवेदी पर, कभी कोख में डाला मार।
युग-युग से जलते अंतर में, कितनी लपटों की भरमार।

रही उपेक्षित जनम-जनम से, कभी न पाया लाड़-दुलार।
बोझ समझ कर जिसे पालते, कुटिल भर्त्सना दुर्व्यवहार।

अब अवसर आया बेटी का, कभी न मानेगी ये हार।
सजग परिश्रमी लगनशील है, लिए नवल संकल्प विचार।

कोमल कांत कलेवर में भी, निहित भवानी- शक्ति अपार।
कर्तव्यों में बंधी है लेकिन, पाने को अपना अधिकार।

सुगढ़ सुशिक्षिता मृदु कलिका सी, महकाती है घर औ' द्वार।
जागृति का अभिषेक किए है, जीतेगी सारा संसार।

☘

12)

चाँदनी अब लुभाती नहीं है।
बन सुधा रस भिंगाती नहीं है।

हो रही है मलिन कहकशां अब
रात मेरी सजाती नहीं है।

तल्ख़ है ज़िंदगी की हक़ीक़त
चैन की नींद आती नहीं है।

चोट ऐसी मिली इस जहां से
आज तक याद जाती नहीं है।

दौर आया मुसीबत का जब से
उनकी सूरत दिखाती नहीं है।

13)

हो रहा है स्वंय से ही द्वंद अब।
हैं पुराने में नए पैबंद अब।

यह सियासत एक हंगामा बनी
लोग कितने हो गए स्वच्छंद अब।

बाग में कैसी बहारें आ रहीं
फूल कोमल में नहीं मकरंद अब।

आ रहे अवसाद में बालक सरल
गैजटों ने बुद्धि कर दी मंद अब।

खो गई कविता कहाँ किस राह पर
भाव अभिनव लुप्त हैं वो छंद अब।

जा रहीं जानें किसानों की यहाँ
और सुनते गाँव में आनंद सब।

जो कि जीते दूसरों के ही लिए
इस तरह के आदमी हैं चंद अब।

14)

अब हमें भी मुस्कराना आ गया।
राह के कांटे हटाना आ गया।

ज़िंदगी निर्बाध होकर बह रही
डूबकर फिर पार जाना आ गया।

हार मानी है नहीं अँधियार से
आस के दीपक जलाना आ गया।

हार हो या जीत कोई ग़म नहीं
हर तरह से अब निभाना आ गया।

मंज़िलों की बात अब सोचें नहीं
मार्ग में पग को जमाना आ गया।

☙

15)

ज़िंदगी भर साथ देने की सजा पाते रहे।
जख़्म कोई भर न पाएं वो दवा पाते रहे।

सूरतें हैं आइना अब साफ सच देखा करें
कब किसे राहत मिली है कब सजा पाते रहे।

आज की मुश्किल यही है कौन सा हो हादसा
रोज ही अखबार में छपती क़ज़ा पाते रहे।

शाहखर्ची के दिनों में लाख रिश्तेदार थे
जब नहीं पैसे रहे बदली अदा पाते रहे।

थी किराए की कुटी, छत मोमजामे की बनी
और छेदों से सदा ताज़ी हवा पाते रहे।

16)

हैं कबूतर पर झगड़ने चील तक गए।
डूबने को आँसुओं की झील तक गए।

थे निशाना हम दबंगों के दवाब के
खेत अपने ढूंढ़ने तहसील तक गए।

हो रहे कम पैरहन तो दोष दें किसको
आधुनिक के नाम पर अश्लील तक गए।

सीप मोती खोज थक कर रेत भर मुट्ठी
जीत क्या हम हार की तब्दील तक गए.।

जब अँधेरों से डरे होकर निराश तो
हम तड़प कर आस की कंदील तक गए।

॰ॐ

17)

सुनोगे करुण राग इनका अगर।
कभी तो करोगे यहाँ भी नज़र।

जहाँ पर मुखों के उड़े रंग हैं
न उठती कभी है ख़ुशी की लहर।

अभावों भरे दिन गुजरते सदा
क्षुधा है प्रबल, पेट खाली मगर।

कभी भीख या जूठनों पर पले
भरे हैं नयन-ताल, सूखे अधर।

जहाँ पर ललक है न तालीम की
लगन मात्र दलिया मिलेगा उधर।

৺

18)

सम्बंधों की सब संज्ञाएं सर्वनाम भूले।
जो भवनों में कैद हुए वो सुबह शाम भूले।

पिंजरे के हीरामन वैसे बहुत चहकते थे
मिली रिहाई जब से उनको राम नाम भूले।

अजगर नहीं चाकरी करता पंछी काम नहीं
जिन्हें बैठ खाने को मिलता काम धाम भूले।

करी मयकशी मयखाने में अब बीमार पड़े
कड़वी मिली दवाई तो फिर मस्त जाम भूले।

जिन्हें पेट भर मिले न रोटी मेहनत कर के भी
दूध दाल सब्जी के वे तो सभी दाम भूले।

पर उपदेश कुशल बहुतेरे पग -पग मिलते हैं
खुद पर आन पड़ी तो फिर वे ख़ास आम भूले।

॰॰

19)

दर्द जब भी हमें सताते हैं।
और तुझको करीब पाते हैं।

एक छत के तले अलग रहते
मीत दीवार अब उठाते हैं।

आँख भींगी हुई लगे फिर भी
लोग ओंठों में मुस्कुराते हैं।

बेदख़ल हो गए रिश्ते -नाते
अब कहाँ साथ वो निभाते हैं।

हम कभी देख ख़ुश हुए जिनको
आज साए वही डराते हैं।

दूर तक हैं उदास सी राहें
पास मंज़िल मगर बताते हैं।

बात करते हुए सितारों की
दीप आँखों में झिलमिलाते हैं।

चाहते हैं जिन्हें भुलाना हम
याद वो बार-बार आते हैं।

तोड़कर चल दिए सभी वादे
और अपना बहुत जताते हैं।

लोग कैसे सफल हुए होंगे
हम तो अक्सर फ़रेब खाते हैं।

☙

20)

कहीं पर है कठिन जीवन, कहीं सिंगार की बातें।
कहीं पर फ़र्ज़ है केवल कहीं अधिकार की बातें।

तपाता इस तरह सूरज धरा अंगार है उगले
कहीं से फिर करे कोई सरस बौछार की बातें।

न जाने कौन मजबूरी हमें कहने नहीं देती
मगर दिल को दुखातीं मतलबी संसार की बातें।

वही है घर वही बस्ती वही गुलजार सीं गलियां
सुनाई पर नहीं देतीं सहज आचार की बातें।

सुहाने पल रहे सपने कि जिन मासूम आँखों में
उन्हें मायूस मत करना सुनाकर हार की बातें।

डगर जो प्यार की चलते नफ़ा नुकसान क्या देखें
यहाँ है भावना केवल नहीं व्यापार की बातें।

बड़ी बेदर्द है दुनिया मिले यदि दोस्त सच्चा तो
कभी एहसान मत भूलो करो आभार की बातें।

21)

कभी तुम प्यार पढ़ लेना।
कभी अधिकार पढ़ लेना।

जलाए दीप यादों के
सहज उद्गार पढ़ लेना।

वसंती भोर भी देखो
मगर पतझार पढ़ लेना।

मुझे ईमान के सौदे
नहीं स्वीकार पढ़ लेना।

करूँ मैं क्रान्ति का गायन
प्रखर असि धार पढ़ लेना।

छलक उठते नयन जब भी
हृदय-अंगार पढ़ लेना।

हमें तुम पर भरोसा है
सरल मन प्यार पढ़ लेना।

विजय का केतु हाथों में
न होगी हार पढ़ लेना।

सहारा नाम का सच्चा
जगत निस्सार पढ़ लेना।

22)

आसान तो होतीं नहीं, राहें कभी बलिदान की।
वो लोग ही कुछ और हैं, करते न चिंता प्रान की.।

जो देश की ख़ातिर जिएं और देश की ख़ातिर मरें
उनसे सलामत है सदा से, आन हिंदुस्तान की।

वे हैं सजग प्रहरी, नहीं कोई टिकेगा सामने
इस वीरता-आलोक में है आब भी अभिमान की।

लेकर तिरंगा हाथ में, बढ़ते रहें आगे सदा
ये हौसला ये शान ही यश कीर्ति औ' सम्मान की।

करते नमन कर जोड़ के, अपने जवानों का सभी
जिन बाँकुरों को रात दिन, चिंता हमारे मान की।

CB

23)

रिश्तों के नाम दाग लगाते हैं आजकल।
अपना बनाते और भुलाते हैं आजकल।

छाई छटा अनूप कहीं तो उजास है
मुझको बहार से भी डराते हैं आजकल।

गीले अधर नदी के लगें अब तपे हुए
कचरा जहाँ तमाम खपाते हैं आजकल।

हूँ उस जगह जहाँ कि नहीं है मुकाम अब
अक्सर मुझे सफर में भुलाते हैं आजकल।

टूटे हुए लगे मुझे चिडियों के पर तमाम
ताली बजा के जिनको उड़ाते हैं आजकल।

हमने उदास रहने की आदत बनाई है
वो तो खुशी के दीप जलाते हैं आजकल।

भीगी हुई कलम से लिखे जब कोई नगमे
सपने वो बन के रोज डराते हैं आजकल।

24)

मन में तो विषधर पलते हैं।
लेकिन हम झुक कर मिलते हैं।

भीतर की चादर है मैली
सित वसन पहन कर चलते हैं।

अब संस्कृति है अपकृति जैसी
हैं असल नकल पर करते हैं।

सुख दुख के भेद न देते कुछ
सब बात संभल कर कहते हैं

जब पीड़ाएं हों सघन तभी
उद् गार उमड़ कर बहते हैं।

हैं छाले दुख के उर में जो
दृग-मुक्ता बन कर ढलते हैं।

ठोकर खाकर क्या पछताना
हम तो गिर गिर कर उठते हैं।

25)

पत्थरों से दिल लगाना हो गया।
खूब जीने का बहाना हो गया।

दौलतों का ढ़ेर तो हासिल नहीं
नेह के नाते कमाना हो गया।

आपकी मासूमियत को क्या कहूँ
जान कर भी जो भुलाना हो गया।

जिंदगी काटी सलीके से यहाँ
जिस तरह भी हो निभाना हो गया।

मंजिलें मुझसे भले ही दूर हों
राह में पग तो जमाना हो गया।

☙

26)

अगर है भरोसा जताना पड़ेगा।
किया प्रेम है तो निभाना पड़ेगा।

जमाना बुरा है नहीं साथ देता
कदम सोचकर ही उठाना पड़ेगा।

चलें साथ मिलकर तभी तो सफल हों
परस्पर हमें दिल मिलाना पड़ेगा।

मनुज का मिला जन्म सीखें मनुजता
प्रभू को हमें मुख दिखाना पड़ेगा।

न सावन, न रिमझिम, न ठंडी फुहारें
उमस ताप से तन जलाना पड़ेगा।

॰॰॰

27)

रंज कितने सह गए।
फिर भी जिंदा रह गए।

लाख चाहा थाम लें
अश्क थे कि बह गए।

जब्त का था हौसला
तुमसे कैसे कह गए।

थी उजालों की तलब
पर अँधेरे रह गए।

पा लीं तुमने मंजिलें
राह में हम रह गए।

✿

28)

मोह तन्द्रा से मुझे कैसा जगाया आपने।
चेतना के तेज का उपवन सजाया आपने।

ज्वार सागर में उठा है चाँद को छूना उसे
लालसा बुझती नहीं मुझको जताया आपने।

लाख खुद को साध मैं हारी नहीं थी आज तक
नेह का संबल दिला कर मन लुभाया आपने।

पंख कंचन के रहें या और माटी के बने
याद रखना टूट कर झड़ते बताया आपने।

डूबना मत प्रीत में इतना कभी तन्मय नहीं
वेदना को मान देना भी सिखाया आपने।

॥

29)

आज बनी लाचार जिंदगी।
आँसू का उपहार जिंदगी।

आस छुड़ाती आंचल अपना
क्रोध भरा उद्गार जिंदगी।

घोर परिश्रम करते बीते
कभी जीत औ' हार जिंदगी।

नेह मिला तो आँखें छलकीं
मान भरा उपकार जिंदगी।

हार नहीं मानी है फिर भी
मुस्कानों का द्वार जिंदगी।

30)

क्षीण सांसों का अलग आचार है।
आस का नैराश्य का आधार है।

कौन समझेगा यहाँ मजबूरियाँ
लेखनी का अनकहा उद्गार है।

कब जगत में नेह पावन पा सके
प्यार अब तो हो गया व्यापार है।

चेतना को चीरती जब आह तो
प्राण में होता नया संचार है।

मन निराशा में जरा धीरज धरो
सांस हर इक ईश का उपकार है।

31)

स्वार्थ साधें यही कामना है।
खो गई नेह की भावना है।

है नहीं आज आश्वस्त कोई
यंत्र सी हो गई चाहना है।

क्रोध आवेश की ग्रंथियां हैं
हो रही शून्य सी चेतना है।

बांट लें वेदना जो किसी की
प्रेरणा सी नहीं सांत्वना है।

भ्रांत से हो गए ये युवा भी
आत्मघाती हुई वांछना है।

୬

32)

जब बहारों का जमाना आ गया।
फूल कलियों को लजाना आ गया।

झूम कर आईं हवाएं कह रहीं
अब हमें भी गुनगुनाना आ गया।

प्राण कोमल भाव से यूँ भर उठे
छंद मधुरिम से रचाना आ गया।

कूल सरिता के हुए पुलकित मृदुल
जोश लहरों को जताना आ गया।

आम की डाली कुहकतीं कोकिलें
तान पंचम की सुनाना आ गया।

दूब की सेजें सजीं हैं ओस से
चाँद को नजरें चुराना आ गया।

‮❦

33)

आज मौसम रच रहे हैं कुछ कुटिल अभियान।
जो भयावह त्रासदी की बन गए पहचान।

है कहीं पर गिर गई बिजली हुई जन-हानि
तो तपन ऐसी कि लगता खौलते मन प्रान।

कूक कोयल की कहो मत ये रुदन पतझार
अब लगे बदली हुई सी कोकिलों की तान।

भाववेशित कल्पना लेती मृदुल आकार
रंग सुख दुख के चढ़ाता तत्वदर्शी ज्ञान।

ढूंढ़ लेना वो सुपथ जो हो सचेतक एक
याद रखना सद्गुणों से ही मिलेगा मान।

34)

अब यहाँ रिश्ते नहीं व्यापार है।
चीज हर बिकती भरा बाजार.है।

स्वार्थ में डूबे सभी आकंठ हैं
है दिखावा लोग कहते प्यार है।

कौन सुनता है यहाँ पर वेदना
और बहरों से भरा दरबार है।

आज भी कलियां परेशां हो रहीं
हो रहा गुलशन यहाँ बेजार है।

कर रहे हैं कुर्सियों पर वो पकड़
देश से जिनको नहीं दरकार है।

आम जन जाएं कहाँ सूझे नहीं
मात्र कहने स्वंय की सरकार है।

&

35)

धरा निखरती सुहा रही है।
सलिल कणों से नहा रही है।

सरस सुहानी चली हवा लो
घटा उमड़ती लुभा रही है।

लगें सजीली सभी दिशाएं
प्रकृति जिन्हें अब सजा रही है।

नई बहारें नई फुहारें
नए सपन से दिखा रही है।

तपन किए थी हताश, बरखा
नई तरंगें जगा रही है।

36)

हविश है और पाने की, नहीं संतुष्टि पाई है।
इसी की डाह भारत से, यही सारी लड़ाई है।

बढ़ाता जा रहा है चीन, कैसी सरहदें अपनी
न उसकी लालसा बुझती, न उसको लाज आई है।

अमन के हम पुजारी हैं, अहिंसा नीति है अपनी
न हम आतंक के पोषक, न हमको जंग भाई है।

बिगाड़े क्या हमारा पाक़ या फिर चीन हो कोई
हमारे शौर्य की गाथा, जगत में खूब छाई है।

हमारे धैर्य की कब तक परीक्षा ले सकेंगे वह
यहाँ तकनीक भी उत्तम, सबल सेना सवाई है।

☙

37)

न आहें, न आँसू, न शोषण, दमन हो।
हरा सा, भरा सा, प्रफुल्लित चमन हो।

चले वायु ऐसी विषमता मिटा दे
नहीं जाति, मज़हब सरीखा चलन हो।

सदा हो प्रगति की नई राह विकसित
जगत में प्रभावान उन्नत वतन हो।

न आँधी घृणा की चले कष्टकारी
सभी जन सुखी हों अमन ही अमन हो।

मृदुल शब्द हों रस भरे से अलंकृत
लिए छंद- सौरभ सजीला सृजन हो।

॰ॐ

38)

जो हृदय की बात से अनजान है।
मीत कैसा, व्यर्थ का अभिमान है।

चेतना में दामिनी सी है चमक
प्रीत मनहर से नई पहचान है।

ज्वार सागर में उठा है धूम से
चाँद से बातें करे अरमान है।

मौन की भाषा समझ आती जिसे
वो लगा लेता सही अनुमान है।

हो गए जीवंत सारे शब्द अब
आज अधरों को मिली मुस्कान है।

☙

39)

मन अपना है कुछ आवारा।
भटका फिरता मारा-मारा।

अब विकल गीतिका की गंगा
मृदु छंदों की व्याकुल धारा।

मधु राग वसंती मंद हुए
पिक थकित मौन स्वर अब हारा।

यह प्राण बहुत ही बेवश है
तन की आकुल होती कारा।

यह हृदय नीर बिन नभ- नीरद
बस नयनों में चमके तारा।

40)

कहीं से ढूंढ़ कर ला दो, पुराना जो जमाना है।
सुहानी वे मधुर घड़ियां, विकल ये दिल दिवाना है।

घनी वो छाँव पीपल की, नदी की धार, बालू, तट
बँधी वो नाव मांझी की, सुना मीठा तराना है।

बनाए थे घरौंदे रेत पर, हँसकर मिटाए थे
अभी तक सीप पत्थर का, रखा दुर्लभ ख़जाना है।

किनारे पर बना मंदिर, झलक वो राधिका-मोहन
करों को जोड़कर अपने, युगल छवि मन बसाना है।

विटप पर आम की बौरें, कुहकती थी जहाँ कोयल
छुपीं दिल में कई यादें, नहीं जो भूल पाना है।

न चिंता थी, न झंझट थे, न कोई ग़म सताता था
विगत की उस धरोहर के, मुझे कुछ पल चुराना है।

41)

जो न होते चलन शहादत के।
लोग रहते गुलाम भारत के।

लौट आया बहार का मौसम
आ गए दिन वही शरारत के।

बीत जाए न ज़िंदगी यूँ ही
काम करना सदा ज़हानत के।

कौन जिंदा रहा अँधेरों में
लोग हैं रौशनी की आदत के।

हैं कहीं बारिशें कहीं सूखा
रंग होते अजीब कुदरत के।

ख़ौफ में जी रही कली नाजुक
सख़्त कानून हों हिफ़ाजत के।

सीख उम्दा बड़ों की होती है
लफ्ज़ अनमोल हैं नसीहत के।

42)

आज काली घटा फिर डराने लगी।
त्रासदी हो न कोई बताने लगी।

देख माता जनमती गरल -सुत वहाँ
घोर आतंक बेलें उगाने लगी।

लूट सौरभ रही भारती का क्षुधा
केसरी क्यारियों को मिटाने लगी।

पाक़ कमजोर समझे न हमको कभी
शक्ति सेना सबल ये बताने लगी।

देश में हो अमन ख़ुश रहें आम जन
चाह मन में यही मुस्कराने लगी।

☙

43)

अफसोस है कि फिर नया सदमा गुजर गया।
होकर धुआँ -धुआँ सा तो कोई बिखर गया।

वो सर्दी में बारिश का कहर सह नहीं सका
बर्बाद फसल देख कर बेमौत मर गया।

कुछ पहले से नाजुक रही हालत किसान की
कर्जे का खौफ फिर उसे बीमार कर गया।

अब जाएगा कहाँ वह कि ये दुनिया रुकी सी है
इक रेत का गुबार उसके घर ठहर गया।

कहने को मुआवजे का लो परचम दिखा रहे
पर वो हवा से उडता किधर से किधर गया।

൭

44)

नारी जीवन को बिधना ने दिए, सजल उपहार।
युग-युग से सहता आया है, नारी-मन धिक्कार।

है दहेज बन बैठा साधन, घोर कष्ट बेटी का।
तभी समझ कर बोझ सुता को, दिया कोख में मार।

दूर दूर तक कहीं न दिखती, धार नेह-सुधा की
त्याग समर्पण सरल प्रेम का, नहीं मिला प्रतिकार।

दुख संताप बनी है थाती, जिसे लगाए उर से
छिपा आँसुओं को मुस्काती, निभा सभी व्यवहार।

संघर्षों की मिलीं सदा से, कटु सौगात अपूर्व
मंत्र बिधी गुड़िया सी नाचे, रही लुटाती प्यार।

45)

आपने तो कह दिया कर लो भरोसा प्यार पर।
डर रहे हम आज बढ़ते स्वार्थ के व्यापार पर।

लोग कितने हैं सजग मतलब निकालें किस तरह
अब नहीं रिश्ते यहाँ हैं नेह के आधार पर।

व्यर्थ अब संवेदना की धारणाएं हो रहीं
भावना से हीन जो उतरें खरे व्यवहार पर।

आँख के मोती गए हैं सूख पत्थर हो चले
कौन भावुक है भला अब अश्रु के सत्कार पर।

हो गया है शून्य अंतर भावनाएं लुप्त हैं
अब तटस्थता व्याप्त जैसे लोक के आचार पर।

सोच कर परिणाम इसका हम मशीनी क्यों रहें
बांट लें छोटे बड़े सुख आपसी अधिकार पर।

☙

46)

आया नवल विहान, समीरण मृदु डोला।
प्रखर हुआ दिनमान, लगे कुछ बड़बोला।

चलीं प्रभा के पंथ, रश्मियां मुखर हुईं
विहँसी करके मान, सहज बल को तौला।

गहन तिमिर में डूब, अमा अब ओझल है
गुंजित कलरव गान, काग छत पर बोला।

कलियों की मुसकान, ओस कण से भींगी
गढ़े सुगढ़ प्रतिमान, प्रकृति ने रस घोला।

उठती भाव-हिलोर, नदी के मानस में
लिखे सजल आख्यान, भेद मन का खोला।

൭

47)

नयनोदक के हर मुक्ता का मैं गलहार बना लेती हूँ।
अन्तर्तम की व्यथा छुपाए मैं खुल कर मुस्का लेती हूँ।

कंपित तार ह्रदय-वीणा के रह- रह झंकृत होते तो
शब्दों का चित्रांकन कर मैं घाव तनिक सहला लेती हूँ।

आशा और निराशा आये जीवन गतिमय रहे निरंतर
अब तटस्थ होकर ही जीना अपना प्रण दुहरा लेती हूँ।

मेरा मन कोमल किसलय सा जिस पर स्नेह बिंदु मुस्काते
सारा जग अपना लगता है सबसे प्रीत निभा लेती हूँ।

पाती हूँ संदेश तरंगित सरिता के उल्लास सबल से
मंथर मदिर समीरण को मैं अपने गीत सुना लेती हूँ।

माना मुझको मिली प्रवंचना पग-पग पर है संसार में
पर मन का ये विश्वास अटल है रिश्ते नए बना लेती हूँ।

आज भले मुर्झाया अंतर है इस नीरव से एकांत में
फिर आएगा दौर वसंती खुद को ही बहला लेती हूँ।

रूप विभोर तूलिका लेकर जिसने सुंदर सृष्टि रचाई
परम चितेरे उस ईश्वर को निशदिन शीश नवा लेती हूँ।

48)

आह विषधर कौन सी माँ ने जने हैं।
बेटियों पर वार करने फन तने हैं।

हो रहे हैं मौत के मातम कहीं पर
हैं विषमताएं कहीं उत्सव मने हैं।

हो रही बारिश टपकती झोपड़ी है
बेवशी है फूस के छप्पर छने हैं।

याद मौसम के कहर आने लगे
त्रासदी की सोचकर हम अनमने हैं।

रौशनी की वो किरन दिखती नहीं है
अब अँधेरों के बहुत साए घने हैं।

आज सच को सामने लाना असंभव
लोग होते जा रहे कुछ कटखने हैं।

हार कर चुप बैठना फितरत नहीं है
हम कदाचित और माटी के बने हैं।

49)

आजकल ये कौन सी धारा बही है।
भावना की अब नहीं कीमत रही है।

लोग कितने हो रहे हैं मतलबी से
स्वार्थ साधें कामना केवल यही है।

जय-पराजय की यहाँ चौसर बिछी अब
नेह की दीवार तो लगता ढही है।

साँझ ढ़लते ही घटा होती गहन कुछ
भर उठे हैं नैन पीड़ा अनकही है।

कल्पनाएं ढूंढ़ने राहत लगीं अब
भाव का संसार ही लगता सही है।

50)

लेखनी कर रही है व्यथा को नमन, मैं प्रखर सत्य जग को सुनाती रहूँ।
लाख तूफान आएं चलें आँधियां, आस की चाह मन में जगाती रहूँ।

जो वतन के लिए जान अपनी लुटा, हो अमर वे प्रभा-पथ गए बन किरन
हैं यशानिल लहर की मधुर गंध वे, माथ वीरों को अपना झुकाती रहूँ।

जो महल में सकल सुख रहें भोगते, बात उनकी मुझे कुछ लुभाती नहीं
लग रहे प्रिय मुझे आँसुओं के सदन, प्रेरणा पा सदा मन बसाती रहूँ।

जब तपन से रहा जल जगत हो मगर छाँव शीतल कहीं भी दिखाई न दे
तब बनूँ मैं सुमन गा प्रभाती सदा, है यही राह अपनी बताती रहूँ।

है विषमता यहाँ जो निराशा गहन का, सृजन कर रही है सभी के हृदय
ईश मुझको मिले जो सहारा अगर, ज्योति से आपकी जगमगाती रहूँ।

51)

व्यथा लिखें उपचार लिखें या, आँसू के उपहार लिखें।
बेवश मन की प्रीति लिखें या, क्रोध भरे उद् गार लिखें।

सारे सुख भवनों में पर हम, कुटिया में भूखे सोते
युग-युग से जलते अंतर के, दारुण हाहाकार लिखें।

मूल्य न आंका श्रम का तुमने, रखे पाँव की धूल बना
अब अवसर का वार लिखें या, लेने को प्रतिकार लिखें।

क्रान्ति-अनल भी हो सकती है, पीड़ित के उच्छवासों में
करुणा का उपकार लिखें या, प्रतिहिंसा साकार लिखें।

अपनी आशा-अभिलाषा की, रह-रह हँसी उड़ाई है
व्यंगों की भरमार लिखें या, लगते ठोस प्रहार लिखें।

52)

तेजपुंज आदि शक्ति राष्ट्र-शान बेटियां।
मातृ रूप सुख अनूप गेह-मान बेटियां।

क्षोभ क्यों करे अगर मिली सुता जिसे यहाँ
गर्व से कहे कि गोद- स्वाभिमान बेटियां।

शारदा सुरूप दिव्य ज्योति है कुमारिका
जो करो सुनेह तो उदार जान बेटियां।

हो रहीं सबल सफल सुज्ञान प्रेरिका प्रबल
सिंह सी गरज रहीं सुशौर्यवान बेटियां।

पूजता जिसे जगत वही अपार शक्ति हैं
भेद भाव क्यों करो कि सुत समान बेटियां।

☙

53)

आज फिर गूंजती याद की बांसुरी।
प्राण में टीस उठती सरस माधुरी।

हो रहा मन विकल चैन खोने लगा
फूल की ज्यों बिखरने लगी पाँखुरी।

आज होती सशंकित कली भीत सी
देख कर लोक में वृत्ति अब आसुरी।

नेह पीयूष की धार से सींच कर
हो गई आज सरसित प्रणय आँजुरी।

क्या बताऊँ सखी मन मुकुर में धँसी
साँवरे की सदय सी नजर बाँकुरी।

☙

54)

छेड़ दो फिर वीणा के तार।
हृदय में जगे मधुर झंकार।

विमोहित है मानस निर्लिप्त
बही अंतस में सरसित धार।

कल्पना के उग आये पंख
भाव का दिव्य सजा संसार।

आज है फिर स्पंदित अनुराग
सिहरती एक प्रणय-गुंजार।

गीत स्वर- डोली पर सज गए
नैन के स्वप्न हुए साकार।

कौन भ्रमरी का नवल सुहाग
पुष्प से मिल करता अभिसार।

तृषित तृष्णा जो बैठी मौन
लगी लेने उज्ज्वल आकार।

चेतना लो हो गई निःशब्द
धैर्य से लेने को प्रतिकार।

෪

55)

बताना न आया जताना न आया।
उसे प्यार करके निभाना न आया।

जमाना रहा राह में ख़ार जैसा
शिकायत हमें पर सुनाना न आया।

चला ही गया वह हमें छोड़कर के
कि तब से हमें मुस्कराना न आया।

मिली चोट तो भी सहन कर गए हम
मगर दिल किसी का दुखाना न आया।

हया आँख की थी रहे हारते हम
हमें जीतकर भी हराना न आया।

खिली चाँदनी भी भिगोती नहीं है
हमें रात अपनी सजाना न आया।

जिया शायरी को बड़ी सादगी से
हुनर दूसरों सा भुनाना न आया।

56)

आँख के आँसू रहे बह भींगता मन-आंगना।
कौन सा एहसास है जो चाहता है सान्त्वना।

वे विरह की आग तपते साध का दर्पण लिए
हम रहे पाहन हमेशा मौन करते साधना।

पान करके शिव गरल सम्मान के भागी बने
जल रहा है कंठ लेकिन सर्वहित की कामना।

भीतरी जल स्तोत्र है पर बाहरी सूखा लगे
मेघ करते किस अयाचित दृश्य की है चाहना।

गोद में शिशु फूल लेकर खिलखिलाती डाल है
है खुशी बस दो घड़ी की फिर वियोगी यातना।

राह में जीवन चला लेकर सुनहरी आस को
क्या पता होगा कुटिल किन कंटकों से सामना।

रह गया पौरुष सहम होकर निराशा से दुखी
समदुखी कोई नहीं लगता कठिन मन थामना।

दीप की जब ज्योति दे अनुराग को बुझने लगे
प्रात की मुस्कान लिखती है मधुर प्रस्तावना।

℅

57)

मौन भावुक हृदय में भरा प्यार हो।
सामने किंतु निर्मम सा संसार हो।

आप मुकुलित बहारें कहाँ पाएंगे
शेष केवल बचा शुष्क पतझार हो।

हर्ष उल्लास अभिव्यक्त कैसे करें
यदि भरा मन में करुणा का उद् गार हो।

होगा उपहास जग में विषमताओं का
दीन को श्रम विलासी को अधिकार हो।

हूक बेवश की क्योंकर प्रभावी बने
स्वार्थ सामर्थ्य शक्ति का व्यापार हो।

मान अपमान का प्रश्न उठता कहाँ
जो सरल नेह का मन में संचार हो।

गीत कोमल की लय कैसे गूंजे मधुर
जब तलक कोई उनका न स्वरकार हो।

58)

तम के घनेरे बादलों में है किरन इक आस की।
मन लालसा बुझती अगर तो चाह क्यों हो प्यास की।

है राह जीवन की कठिन गति श्वास की टूटे नहीं
मंजिल मिलेगी एक दिन चिर कामना विश्वास की।

यदि स्वप्न नाता तोड़ते जब मीत भी मुख मोड़ते
तब बेवशी होती सघन तड़पन विकल संत्रास की।

कृषकाय काया झुर्रियां है पेट की ज्वाला प्रबल
श्रमसाध्य जीवन को नहीं चिंता किसी विन्यास की।

उर में भरे अंगार आहों में दहकती अग्नि है
संघर्षरत जो हैं अहर्निश सुधि कहाँ परिहास की।

मैं हूँ क्षुधा उस ज़िंदगी की क्रान्ति का संदेश जो
है आँख का काजल रहा बह क्या ख़बर मधुमास की।

छाता अँधेरा जा रहा जिनके हृदय निष्पंद में
उन शुष्क अधरों में जगा दो चेतना कुछ हास की।

59)

मोह, क्रोध, लालच है छलना, करना त्याग।
उपजाते सारे विकार हैं, राग - विराग।

खिलने से पहले ही कलियां, जाएं सूख
फिर कैसे उपवन में गूंजे, मधुकर राग.।

अनाचार हिंसा शोषण का, दौर अजीब
लज्जित हुए मराल देखकर, काले काग।

गरल-सुतों को दूध पिलाकर, भारी सोच
मात चकित अब देख हुए हैं, विषधर नाग।

राजनीति है बात-बात पर, समय अपूर्व
भड़क रही है जहाँ -तहाँ पर, कैसी आग।

60)

बने थे हमारे मगर घात की।
कभी शह बताई कभी मात की।

भरोसा गया टूट ईमान का
कसक भूल पाए न आघात की।

सभी फेर लेते निगाहें यहाँ
किसे है खबर आज जज़्बात की।

रहे अब नहीं वो चलन साथियो
लगन वो नहीं है मुलाकात की।

गए भूल वादे सभी नेह के
सघन पीर है मात्र सौगात की।

61)

है आपकी महती कृपा सब आपके उपकार हैं।
रहते जहाँ सब प्रेम से सच्चे वही घर-बार हैं।

जब भी कठिन आया समय मिलता सहारा आपसे
अपने नयन में हैं भरे बस आपके आभार हैं।

जो नाम जप के बीत जाए काल वो सार्थक रहे
प्रतिमा रहे जो सामने प्रकटें हृदय-उद्गार हैं।

है नाम का सच्चा सहारा और सब मिथ्या यहाँ
मीठे लगें वो बोल जिनमें राम के उच्चार हैं।

करते रहे उद्धार जिनकी आस है प्रभु आप से
पतवार अपनी भी गहो अब आ पड़े मँझधार हैं।

62)

अक्षर अक्षर राग, शब्द का मंजुल चयन करें।
संयुत अलंकार रस जिसमें ऐसा सृजन करें।

शब्दों से संस्कृति का शुचिमय करलें अभिनंदन
भावों में गुंजित संवेदन अपने गहन करें।

रहें निरंतर गतिमय होकर काल-चक्र जैसा
वैसे चलते जीवन क्रम में सुख से गमन करें।

मन के दुख का अंत न होता जब तक जीवन है
चातक सम तरसे यदि मन तन, दृढ़ हो सहन करें।

पत्र संदेशों कुशल क्षेम का रहे सहज सा क्रम
अपने रिश्ते नातों को हम मन से वहन करें।

दुष्कर है जीवन-पथ फिर भी अंतस सात्विक हो
ईर्ष्या मोह लोभ कटुता का प्रतिपल दमन करें।

हों विराट के लिए समर्पित अपने कर्म सभी
केतु आस्था का फहरा कर प्रभु को नमन करें।

63)

कोमल मन में मधु भावों की, गुंजित मृदु झंकार लिखें।
दूर बिछड़ कर गए स्वप्न जो, उनकी करुण पुकार लिखें।

पुष्पों कलियों की मादकता, जग को आकर्षित करती
पर उजड़े उद्यान विवश तो, अंतर का पतझार लिखें।

पलकों के आसन पर जिनको, किया विराजित जीवन भर
उनका जाग्रत त्याग लिखें या, उर्मिल मन का प्यार लिखें।

अंगारों के शब्द दाह की, लिपि पर छंद रचे जाते
पग-पग पर प्रेरित कर जाता, ये निर्मम संसार लिखें।

पंख पसारे मन का पंछी, मुक्त गगन में उड़ता है
क्रूर धरातल से टकराए, उसकी बेवश हार लिखें।

जीवन कठिन परीक्षा जिसमें, आधि-व्याधि सुख-दुख आते
कष्टों के इस दुर्गम पथ पर, कैसा भय- संचार लिखें।

करें साहसिकता मत कुंठित, निज भावों-अनुभावों की
शुष्क हृदय को सिंचित कर दे, अब ऐसी रसधार लिखें।

सृजन-साधना में सुंदरतम, भावों का आलोक लिए
जग की सकल वेदना लेकर, कविता के अधिकार लिखें।

स्वप्नों के अवगुंठन उठना, है दुष्कर सा कार्य यहाँ
पर यथार्थ की ठोस धरा पर जीने का आधार लिखें।

◌ॐ

64)

कौन कहता चोट ये गहरी नहीं।
बस समय के सिंधु में उभरी नहीं।

बीतते जाते दिवस बेचैन अब
आँसुओं की आँख में गठरी नहीं।

हो गए नाराज अपने आप से
जड़ हुआ मन, वेदना-लहरी नहीं।

है घना तम, वह उजाला ले गया
फिर किरन घर में कभी उतरी नहीं।

आज ही का दिन बिछड़ कर वह गया
आस कोई पास भी ठहरी नहीं।

65)

कब तलक सहते रहें भ्रष्टाचरण।
लोभ का होगा नहीं क्या संवरण।

छोड़ कर चल दीं नगर को तितलियां
देखते हैं अब कहाँ लेंगी शरण।

स्वार्थ के वश में सतत संलिप्त हो
है बिगाड़ा देश का वातावरण।

अब जरा जर्जर पड़ी एकांत में
कौन सुनता है पुराने संस्मरण।

कुछ हृदय में और कुछ व्यवहार में
एक आनन पर बहुत से आवरण।

हैं कुटिल अभियान मौसम ने रचे
ज्यों भयावह त्रासदी के अवतरण।

व्याप्त हैं सर्वत्र मानक आधुनिक
पश्चिमी संस्कृति का अंधा अनुकरण।

ढूंढते पग-चिन्ह वह हम पूर्वजों का
जिस महाजन पंथ का हो अनुसरण।

❦

66)

धीरज धर के मन से पूछो।
टूटे जो दरपन से पूछो।

कितने संघर्षों से गुजरे
इस भूतल के जन से पूछो।

उम्र कटी किस तरह धूप में
जर्जर होते तन से पूछो।

कैसे बड़े हुए वर्षों में
काटे जाते वन से पूछो।

बेदर्दी से फूंका जिसको
श्रम से जोडे धन से पूछो।

☙

67)

मन को आलोड़ित करती, बरखा के मान- दुलार लिखें।
मोहित करती हरियाली की, अद्भुत छटा अपार लिखें।

वसुधा आह्लादित होती है, बूंदों के संस्पर्शों से
मादक मलयानिल की सुरभित, शीतल मंद बयार लिखें।

कोमल नव किसलय की काया, रोमांचित होकर सिहरे
यौवन गंधा धरा पुलकती, पाकर सरस फुहार लिखें।

धन के कोष खुले मेघों के, बूंद-बूंद पूंजी लुटती
मुक्त हस्त वैभव बिखराते, विद्युत के व्यवहार लिखें।

विहँस रहा लावण्य मनोहर, नदियों और सरोवर का
अबकी फसलों से आशा है, उत्तम यही विचार लिखें।

स्पंदित अनुराग हृदय में, हूक छिपा कर स्मृति की
होकर भाव विभोर तत्क्षण, प्रणय-गीत सुकुमार लिखें।

स्वप्नों का हम ग्राम बसा लें, आज अचेतन मस्तिष्क में
लोक गीत गाने को तत्पर, कजरी, मेघ मल्हार लिखें।

68)

उड़ते प्राण पखेरू को मैं वापस पुनः बुला लेती हूँ।
आघातों-प्रत्याघातों से बरवश खींच बचा लेती हूँ।

देती रोज चुनौती तम को घिर के आये किसी दिशा से
मैं बुझता आशा का दीपक आँचल मध्य सजा लेती हूँ।

मेरे गीत भले ही अब तक नवल स्वरों से हीन रहे हैं
पर निश्चित उद् गार खिलेंगे मन को मैं समझा लेती हूँ।

अपनेपन की परिभाषा क्या लो मैं आज पूछती तुमसे
नहीं आंकना धन दौलत से सत्य यही बतला देती हूँ।

अभिलाषा की कल्पित प्रतिमा नयनों के आसन राजित कर
द्रवित प्राण के सलिल कणों से बस यूँ ही नहला लेती हूँ।

हार नहीं मानेगा ये मन संकट की आँधी से डर कर
आशा का तप ठाने बैठी सपने नवल रचा लेती हूँ।

❧

69)

डूब कर पार होना जिसे आ गया।
वह पटल पर जगत के सदा छा गया।

आँख में आँसुओं को लिए जो जिए
साथ उनका भला कौन को भा गया।

मार्ग हो भी अगम हार माने न जो
याद रखना वही मंजिलें पा गया।

है उसी काव्य में ही मधुरता लगे
जो करुण भाव से डूब कवि गा गया।

दोस्त हैं आप जैसे भला ग़म किसे
आपका साथ मुझको बहुत भा गया।

☙

70)

विवश लेखनी को नमन कर रही।
लिखूँ क्या इसी पर मनन कर रही।

कभी तो सुनोगे करुण तान ये
कि जिसमें व्यथा का रुदन कर रही।

किसी आँख के आँसुओं में बहूँ
इसी चाह का मैं जतन कर रही।

नहीं है मुझे लालसा सुख-सुधा
सभी वृत्तियों का शमन कर रही।

सताने लगे पाश भव के मुझे
चलूँ राह अंतिम गमन कर रही।

☙

71)

चाल है फरेब की, कर रहे प्रवंचना।
भूल खुद किया करें, और दें उलाहना।

गीत क्रान्ति के लिखें, कह रहे गलत सही
चाह मान की रहे, भा रही सराहना।

जो सुकून दान में, स्वार्थपूर्ति में कहाँ
प्रेम में जिएं मरें, प्रेम ही निबाहना।

मोह लोभ में फँसे, घूमते यहाँ वहाँ
सार को गहो सदा, जन्म क्यों बिगाड़ना।

शांति अब अपार है, रोम-रोम रम रहे
है अगाध संपदा, राम की उपासना।

72)

आया है कैसा समय, बहुत भरमाता।
है मतलब का संसार, नहीं कुछ नाता।

बनते जो अपने सगे, घात वे करते
बिन सोचे दें आघात, हृदय दुख पाता।

आचार विचार विचित्र, हुए लोगों के
जिसमें ज्यादा है अहं, सफल हो जाता।

श्रम को नहीं मिलता न्याय, विभव सुख पाए
जो चिर अभाव में पले, बिलख रह जाता।

लिख दूँ मैं प्रेम श्रृंगार, बताओ कैसे
आँखों के सम्मुख चित्र, दीन का आता।

℘

73)

महकता हुआ मन-सुमन का निखार।
तृषित नैन मेरे रहे हैं निहार।

छटा है अनोखी मदिर गंध कीर्ति
विजन प्रांत में भी विहँसता अपार।

अकेला करे क्या निठुर मौन न्याय
न भावुक पुजारी, रहा अब विचार।

बनी ओस-कण वेदना जो अथाह
छलकने लगी अब तुझे ही सँवार।

रहा तू सदा सुख-सुधा का पिपासु
न छोड़ें तुझे मोह के ये विकार।

प्रभा ईश की में हिलोरें उठीं न
रहा लिप्त जीवन वृथा ही गुजार।

रहे शून्य में धूल केवल अधीर
दिवस दो मिले, अंत को ले सुधार।

74)

कंटकों की राह पर तू, पग जमाना सीख ले।
श्रम नहीं होता अकारथ, लक्ष्य पाना सीख ले।

जब जगत के क्रूर से, संताप नैनों में पलें
धीर धर कर मन कड़ा कर, मुस्कराना सीख ले।

पंख कंचन के रहें पर टूट कर गिरते सभी
जान कर यह मर्म प्रभु से दिल लगाना सीख ले।

सब दिशाओं में यही आवाज गुंजित हो रही
झूठ से पर्दा हटा अब सच बताना सीख ले।

मूक होतीं जा रहीं संवेदना की हलचलें
प्रेम देकर मान पाले तू निभाना सीख ले।

॰॰

75)

अंगारों के शब्द तपन की लय पर छंद बना लेती हूँ।
श्रम के अभिनव श्रृंगारों पर मन के भाव सजा लेती हूँ।

जहाँ विवशता बिलखाती है, होता अभाव का तांडव नित
पी जो घूँट गरल का जीते, उनको हृदय रमा लेती हूँ।

हास विलास जगत के मुझको, तनिक नहीं आकर्षित करते
मैं अनाथ शिशुओं के मन की व्यथा अथाह सुना लेती हूँ।

मेरे अंतस में पर्वों का किंचित भी उल्लास न जगता
दारुण दुख के हाहाकारों का त्योहार मना लेती हूँ।

सरिता की कल कल छल छल में चेतनता भी शांति न पाती
दीन दुखी के मग के कंटक अपने हृदय उगा लेती हूँ।

उपवन के प्रफुलित प्रसून पर तुहिन बिंदु हैं नहीं लुभाते
मैं उजडे नंदन वृंदावन कह के मन बहला लेती हूँ।

❧

76)

विवश पर ध्यान दे देना।
नवल प्रतिमान दे देना।

बसो मन प्राण में मेरे
यही वरदान दे देना।

प्रभू बस याचना मेरी
मुझे भी ज्ञान दे देना।

नहीं जग में मिले अपने
चरणरज-मान दे देना।

सहारा आप का सच्चा
दया का दान दे देना।

☙

77)

जो वंचित हैं सुख-वैभव से, उनको गले लगाएं।
हैं दुख की नगरी के वासी, मन उनका हर्षाएं।

होगी सार्थक तभी जिंदगी, जब खुशियाँ बांटेंगे
मन का अँधियारा जो मेटे, ऐसा दीप जलाएं।

छलक-छलक जाता फूलों पर, नेह ओस का भींगा
सपने तब साकार बनेंगे, जब मिल क़दम बढ़ाएं।

वीणा प्राण फूंक देती है, भर के स्वर में पीड़ा
नयन-कोर से बिछड़े आँसू, ही तो ह्रदय हिलाएं।

कवि तो सदा क्रांति का गायक, पोषक सम भावों का
जहाँ विषमता रहे न कोई, ऐसी सृष्टि रचाएं।

78)

प्रतिफल की प्रत्याशा है।
कैसी निश्छल आशा है।

अवगुंठन संकल्पों पर
संतुष्टा अभिलाषा है।

परिप्लावित आक्रोश प्रखर
फूली फली हताशा है।

ईश धर्म धनवानों के
संशोधित परिभाषा है।

मन ने मन की बात सुनी
मूक प्रेम की भाषा है।

79)

हे राम कृपा धाम रटूँ नाम तिहारा।
कोई न दिखे नाथ मुझे आज सहारा।

है लाख कमी भाव नहीं भक्ति नहीं है
तूफान घिरी नाव कहाँ ईश किनारा।

समभाव रहे नाथ यही चाह सदा हो
उपकार करें आप प्रभू लक्ष्य विचारा।

है आस, भरोसा, गति, अधिकार सभी तो
जो आप न दें साथ कहो कौन हमारा।

हों साथ त्रिलोकी, न रहे भय न कुशंका
संताप सभी दूर अगर नाम पुकारा।

❀

80)

दूर अपनी जड़ों से मनुज हो रहा।
जागने का समय है मगर सो रहा।

आज है त्रासदी घोर अवसाद है
हो विवश स्वंय से स्वंय को ढ़ो रहा।

देख भौतिक सुखों की ललक है भ्रमित
आत्म के सार के तेज को खो रहा।

जो यहाँ बद्ध है स्वार्थ के पाश में
भीड़ में गुम सरल नेह को खो रहा।

जो चला है प्रभा-पंथ होकर निडर
फूल जैसा सुगंधित सदा वो रहा।

൬

81)

नयी एक आशा नया सा हो सपना।
करें आत्म उन्नति प्रगति पथ पे बढ़ना।

करें पूर्ण जो भी मनोवांछना हो
न आलस न किंचित शिथिल गात रहना।

न निःशेष होती प्रबल संभावना है
हमेशा रहे फिर प्रशस्त पंथ अपना।

अगर मन सरल हो कपट छल न कोई
तभी तो विमल नेह की धार बहना।

न विश्वास खंडित न धीरज से वंचित
परस्पर अनूठी हो सौहार्द -संरचना।

न कटुता हो कोई न ईर्ष्या जनित मन
कभी क्रोध आवेश अग्नि न जलना।

सभी कर्म कर ईश को हम समर्पित
घड़ी दो घड़ी शांत प्रभु नाम जपना।

82)

हिमश्रृंगों को छूकर कैसी चली शीत-लहरी।
नखरीली है धूप न जाने कौन देश ठहरी।

ठिठुर रहे हैं प्राणी सारे, सर्दी गजब लगे
धरती से अंबर तक फैली धुंध बहुत गहरी।

धौरी, सुरभी गईंया कँपती, भैंसे पगुराएं
में-में करती चीख रही है, अनवर की बकरी।

नल अलसाए बूंद-बूंद से, थम-थम टपक रहे
हाथ-पाँव हैं सुन्न, भरे अब कौन आज गगरी।

फुटपाथों पर दीन सहेजे, करुण अभाव पड़े
हाथ पाँव को मोड़ बेचारे बने हुए गठरी।

भरना पेट बड़ी मजबूरी, कोई मौसम हो
बाँधे मुख को चले काम पर, देहाती-शहरी।

दुबक रजाई में जा बैठी, 'कान्ति' बिवश होकर
शब्द करें हड़ताल, कल्पना कुंद लगे बहरी।

83)

सदा रहे उदारता, परोपकार कामना।
न लेन देन प्रेम में, क्षमाप्रधान भावना।

वही महान जो करे न, स्वार्थ-साधना कभी
समान भाव से रहे, न दोष ही निहारना।

नहीं करें कभी गुमान ज्ञान का विनीत हों
रहें विवेकवान तो सुबोध जान साधना।

जहाँ कि प्रेम भाव से रहें सभी खुशी खुशी
वहाँ रहे प्रभू कृपा, सही यही-विचारना।

पुकारती मही हमें, विचार तो करो जरा
समान लक्ष्य धार, रज्जु नेह की सँभालना।

℘

84)

जो बात हमने सदा कही है।
वो साफ सच्ची खरी रही है।

जो हो गया नाम निगाह बदली
वह जो कहें अब वही सही है।

वे लोग सच्चे कभी न होते
जिन्हें सुजन की कदर नहीं है।

माँ शारदे यदि दया करें तो
छंद-धार अनवरत बही है,

होता सहज साध्य सब उसको
जिसने प्रभु की शरण गही है।

☙

85)

जीवन है अनमोल वृथा ही गर्वित मत होना
यद्यपि दुर्गम पंथ मगर तुम विचलित मत होना।

आधि-व्याधि, सुख-दुख जीवन में रंग अनेक भरे
पाकर खुशी अपार अहं से पुलकित मत होना।

अहंकार आ जाए तो फिर दिखते हीन सभी
कभी स्वंय को श्रेष्ठ समझकर दर्पित मत होना।

जब छाए नैराश्य हृदय में जीवन बोझ लगे
मन चंचल की क्षणिक वृत्ति पर शंकित मत होना।

क्षण क्षण घटते जीवन का यदि हो सार्थक उपयोग
होगी कृपा दृष्टि फिर प्रभु की चिंतित मत होना।

❀

86)

अयाचित मिले सभी आघात।
कभी शह और कभी थी मात।

मीत मिल पाते ऐसे कहाँ
हृदय से लग जो सुनलें बात।

कली प्रमुदित हो कैसे खिले
कंटकों ने कर डाला घात।

पिघल जाएगी अंतस-पीर
भुला दो दुःस्वप्नों की रात।

प्राण का पंछी अथक अनीह
क्षीण होता है केवल गात।

87)

मृदुल भाव अंतस भरोगे नहीं।
किसी के हृदय में बसोगे नहीं।

द्रवित प्राण अपने अगर कर सके
कभी हीन करुणा रहोगे नहीं।

सपन हों सलोने मनोरथ भला
विवश हो किसी से जलोगे नहीं।

छलकते नयन जो उठे ज्वार सा
रचो छंद दुख से डरोगे नहीं।

न वंदन घड़ी भर प्रभू का किया
कभी सिंधु भव का तरोगे नहीं।

88)

प्राण लगता लौट आये, वो सुहानी शाम है।
आज रसना रट रही जो आपका ही नाम है।

नाव जीवन की अधर में डगमगाती काँपती
लोल लहरों के लिए अब हार का पैगाम है।

पाश भव का है कठिन, पाऊँ सहारा आपका
धीरता विश्वास के बिन जिंदगी भी वाम है।

साधना निस्सार होती ही नहीं, यह है सही
खिल उठा है फूल सा तन, मन हुआ अभिराम है।

झूमना मत मन किसी सुख की सुनहरी आस में
इस जगत में सार केवल, राम का ही धाम है।

89)

कभी जब बात चलती है, हवाओं की सितारों की।
मुझे तब याद आती है, अभावों के नजारों की।

कहीं पर हैं सभी साधन, कहीं बच्चे तरसते हैं
छलकते हैं अगर सागर, तड़प भी शुष्क धारों की।

तुझे तो याद भी होंगी नहीं भींगी हुई नज़रें
गली भी है वही अब तक, उदासी रहगुजारों की।

हुआ है चाँद भी बेरंग, फीकी इक तबस्सुम सा
नहीं वो ख़ास ख़ुशबू है, नहीं रौनक बहारों की।

जहर कैसा भरा मन में, ख़बर लेते न अपनों की
हुए कुछ आधुनिक ऐसे, नहीं सुध सोग़वारों की।

ख़ुदारा कोई तो आजाद कर दे क़ैद से मुझको
छिड़ी है जंग सांसों- रूह के कमजोर तारों की।

नहीं है आग पहले सी, नहीं है जोश की आँधी
कहानी कौन अब कहता वतन के जांनिसारों की।

90)

सपने कराहते हैं, नीरव निशा सताती।
वो कौन वेदना है रह-रह मुझे रुलाती।

मंजुल वदन धरा का धन कोष है लुटाता
आँचल फसल सुहानी धानी जिसे उढ़ाती।

है शान झोपड़ी से कायम रहे महल की
कीमत मगर कला की दुनिया न आंक पाती।

अंगार आँख में हैं, अंगार आह में हैं
पर लेखनी नहीं ये अंगार लेख पाती।

जब सो रहे घरों में आनंद से सभी जन
तब वीर बांकुरों को माँ भारती जगाती।

☙

91)

प्यास अधरों तले फिर मचलने लगी।
याद मीठी नए छंद रचने लगी।

लोक व्यापक हुआ कल्पना का मधुर
अब नई चाह मन में पनपने लगी।

फूल खिलने लगे साध के हैं मृदुल
वाटिका जिंदगी की विहँसने लगी।

आपका साथ है तो सुहाना सफर
वो मंजिल हठी पास लगने लगी।

दूर अब हो गई है निराशा सघन
ज्योति अब आस की मन में जलने लगी।

൫

92)

सुख दुख में जब हों सम विचार।
तब ही जीवन का सुखद सार।

मन का होता अद्भुत विधान
भटका फिरता ले विशद भार।

जो खुद पर है करता गुमान
वह हीन ग्रंथि का है शिकार।

यह मन जब भी होता निराश
तब भाव लोक लेता उबार।

यह समय नहीं रहता समान
प्रभु को देना मत तुम बिसार।

☙

93)

जो चल रहे सुमार्ग बहकते कभी नहीं।
पाकर रहें मुकाम ठहरते कभी नहीं।

मन में भरा विकार सरल किस तरह रहें
दुर्भावना से ग्रस्त पनपते कभी नहीं।

जिसने किए गुनाह भरोसा न पा सके
ईमान के मुरीद बदलते कभी नहीं।

इंसान से उम्मीद रहेगी सदा हमें
इंसानियत के नाम झगड़ते कभी नहीं।

करते रहें हैं यत्न कि ख़ुशियां समेट लें
सुख दुख सहें जो साथ बिखरते कभी नहीं।

94)

आपका ऐतबार कौन करे।
जान अपनी निसार कौन करे।

बोलना सच गुनाह होने लगा
झूठ का रोजगार कौन करे।

हो अगर मैल दिल के दरपन पर
ये दिखावे का प्यार कौन करे।

रेत पत्थर हुआ बिचारा दिल
ग़म के दरिया को पार कौन करे।

चाँदनी ने भिगोई शब तो थी
जिक्र में पर शुमार कौन करे।

राज दिल में दबा रखा अपना
आपको बेक़रार कौन करे।

चंद लम्हे ही जानलेवा हैं
अंत तक इंतजार कौन करे।

छोड़ तो दें लिबास ये तन का
प्राण को तार-तार कौन करे।

෬

95)

ग़ैरों से क्या कहेंगे खुद का पता नहीं।
सहरा उगे हों आँख में फिर भी बता नहीं।

सबको मिलीं हैं राहतें, शोहरत जहान में
ये कैसी रहनुमाई जो हमको अता नहीं।

क्या हो गया शहर को बदले हैं रुख़ सभी
करते हैं बेरुख़ी और कहते जता नहीं।

रखना अजीज़ गुल तो खुशबू को भी क़रीब
पतझड़ से मगर टूटे कभी राबता नहीं।

ये रेत की नदी है कैसे बहेंगे हम
पानी भी सूख कह रहा अब तो सता नहीं।

96)

जिंदगी हाथ से अब फिसलने लगी।
यूँ लगे चाल अपनी बदलने लगी।

जिस्म से सांस के फासले तय हुए
नातवां रूह भी अब सहमने लगी।

दिल अजल से तुझे जानता है मगर
तेरी आहट लगे कुछ बदलने लगी.।

चाह पलकों तले जो दबी रह गई
बन कली फिर नई सी पनपने लगी।

रेशमी गांठ रिश्ते कहाँ तक सधें
यदि लगी ठेस तो डोर खुलने लगी।

आज दिल में वही सरफिरी मौज जो
दस्तकें दे रही क्यों मचलने लगी।

अब चले या रुके जीस्त का ये सफर
उम्र इल्जाम मुझपे ही रखने लगी।

97)

जब कभी मैं उदास होती हूँ।
आम नज़रों में ख़ास होती हूँ।

शाम की तीरगी लुभाती सी
चाँदनी की उजास होती हूँ।

कौन कहता हयात बेरंग है
रूह की मैं सुवास होती हूँ।

ख़ौफ़ मुझको कज़ा नहीं देती
बस बदलता लिबास होती हूँ.।

दोस्त देना नहीं दगा मुझको
मैं तिरे आस पास होती हूँ।

℘

98)

शायरी का अगर हुनर महके।
फूल सी ख़ुशबू दर-ब-दर महके।

शब ने ओढ़ी रिदा सियाही की
आँख खोले मगर ये घर महके।

राख होता गया सहम मंजर
याद तेरी रवां इधर महके।

मेरी आदत उदास रहने की
शाद होता यहाँ शहर महके।

दाँव पर लग गए रिश्ते- नाते
अब भरोसा यहाँ किधर महके।

⊛

99)

रोज ही अख़बार लिखता ख़ून से अहवाल है।
ख़ौफ़ में जाता गुजर दिन, माह, सारा साल है।

आँधियाँ हैं, ज़लज़ले तूफान के आसार से
रोज फैलाते शिकारी कौन सा यह जाल है।

कौन माथे पर लिखेगा शाम के, हासिल सुकूं
थक गए जज़्बात हैं, सच्चा हुनर पामाल है।

लग रहा क़ज़्ज़ाक़ कोई आ गया फिर से यहाँ
आसमां बरहम जमीं भी हो रही अब लाल है।

छू रहीं हैं आसमां को अब बढ़ीं सीं क़ीमतें
ये मरा है भूख से, वो तर उड़ाता माल है।

जो अज़ल से है अबद तक सांस का ये सिल्सिला
रूह की यह नातवां सी कुछ दिनों की ढ़ाल है।

अब यक़ीने-बाहमी की बात लगती अजनबी
हो रहे ईमां परेशां बदनज़र ख़ुशहाल है।

100)

हम तो खैर राह में गिरे संभल गए।
लोग तो कहाँ कहाँ कहाँ फिसल गए।

सोचिए जिन्होंने हादसों को है जिया
हम तो इस खबर को पढ के ही दहल गए।

मेरा हाल देख कर कोई नहीं रुका
कुछ इधर गए तो कुछ उधर निकल गए।

मौसमों की मार से बचा नहीं कोई
सारे रंग रूप खाक में बदल गए।

शोर तो मचा तमाम कुछ नहीं हुआ
जिंदगी के दर्द आदतों में ढल गए।

रौनकें जहान की कहाँ मिली हमें
धूल ही की पैरहन से हम बहल गए

जिंदगी के आस पास जितने दर्द थे
शायरी में और गीत में बदल गए।

101)

दिल की आवाज है गुनगुनाएं तुझे।
याद तुझको करें याद आएं तुझे।

हमने खुशियों से खुद ही किनारा किया
छोड जाने भी दे क्या बताएं तुझे।

कोई रिश्तों का जब सिल्सिला ही नहीं
क्या तो तेरी सुनें क्या सुनाएं तुझे।

लोग पूछेंगे तो क्या बताएंगे हम
अपनी आँखों से कैसे बहाएं तुझे।

तूने देखा नहीं मुड़ के अब तक कभी
क्या जताएं तुझे क्या दिखाएं तुझे।

तूने शिद्दत से छीने गरीबों के हक
एक दिन उनके गम ही जलाएं तुझे।

102)

मेरा साया मुझसे आँख मिलाता है।
मुझको ही वो मेरा अक्श दिखाता है।

ठोकर खा के खुद ही लोग संभलते हैं
बोझ यहाँ पर किसका कौन उठाता है।

मैं ही तो नाकाम नहीं इस दुनिया में
वक्त भी कैसा सबको सबक सिखाता है।

धरती से आकाश की दूरी नापी है
उम्र का मेरा लंबा सफर बताता है।

लोग निकल जाते हैं अक्सर बच बच के
किसकी सुनना किसको कौन सुनाता है।

मौसम ने कर दिया दरख्तों को गुमसुम
कोई पत्ता सब्ज कहाँ रह पाता है।

दर्द हमेशा अपने पोशीदा रखना
ये जहान तो सब की हँसी उडाता है।

103)

आये हो फिर कहाँ से दिले- सोग़वार में।
जब हम घिरे हैं रेत के अंधे ग़ुबार में।

कब्जा किया है आँधियों ने आसमान पर
टूटे शजर तमाम पड़े रहगुज़ार में।

ख़्वाबों को बीनते हुए काटी तमाम उम्र
देखा नई रुतों का तमाशा बहार में।

भींगी सहर है शबनमी और लाल है शफ़क
किसने पिरो दिया चमन फूलों के हार में।

हम ढूंढ़ते रहे सदा लफ़्जों के मायने
फूलों की चाह में रहे ख़ारों की गार में।

सूरत से आश्ना रहे पर जानते नहीं
हैं कैसी बेख़ुदी में कैसे ख़ुमार में.।

मुद्दत हुई है आँख से टपके नहीं हैं अश्क़
सहरा उगा लिया है अब लालाज़ार में।

104)

हमें था हौसला इतना पहुँच जाते किनारे पर।
बही जाती मगर ये ज़िंदगी अंजान धारे पर।

दिखाई अब नहीं देता खुला सा खेत वो मैदां
लगा कंक्रीट का पहरा हसीं से उस नजारे पर।

जबीने-संग पे हमने लिखा था नाम जो तेरा
किसी ने बेहिसी से पोत दी मिट्टी बिचारे पर।

सिखाया था कभी तूने ग़मों से बेअसर रहना
मगर क़िस्मत मिली ऐसी रहे ग़म के इशारे पर।

दिए पूरे शहर के तू अगर चाहे बुझा लेना
तुझे हम ढूंढ़ ही लेंगे चमकते चाँद तारे पर।

౮

105)

शाम होते जाग जाती रौशनी बन याद सब।
फिर लरजने जा रही है जज़्ब-ए- बुनियाद सब।

बूंद बन जो आँख में मोती चमकते जा रहे
कौन आंके मोल इनका हैं यहाँ सैय्याद सब।

कौन कलियों की हिफाज़त अब करेगा बाग़ में
हर गली में घूमते हैं सरफिरे जल्लाद सब।

याद का मरहम लगा कर चैन किसको मिल सका
इश्क़ ऐसा बेरहम है, हो गए बर्बाद सब।

ग़म नहीं है जो ख़ुशी हासिल नहीं होती मुझे
शाद हूँ मैं सोचकर यह, हैं यहाँ नाशाद सब।

टूट जाए दुश्मनी का ये ज़ुनूनी सिल्सिला
है लहू का रंग यकसां प्यार से आबाद सब।

कब शिकस्ता सी वही आवाज मुझको रोक ले
इसलिए चाहूँ रिहाई क़ैद से आजाद सब।

106)

ख़ुदफ़रेबी की अदा है चारसू।
हो रही है आसमां से गुफ़्तगू।

ख़ूबतर मौज़े- हवा का क्या हुआ
अब सताती बागवां को गर्म लू।

ख़्वाब पलकों पर सजें कैसे बता
आँख में जब ख़ुश्क होती आब-जू।

तू बता बादे-सबा किस याद में
आह भरती है कहाँ महसूर तू।

छोड़कर मुझको भँवर में चल दिया
है बचा अनवार उसका रूबरू।

౦౩

107)

हमारे दिल में नया नया सा, यकीन कोई जगा रहा है '।
करम करेगा नहीं जमाना, ख़ुशी तभी तो छिपा रहा है।

नयी उमंगें नयी तरंगें, नया नया सा मिज़ाज अपना
रही न रंजिश किसी तरह की, मलाल सारे भुला रहा है।

अभी न आना ख़िज़ां यहाँ पर, अभी बहारें उरूज पर हैं
सितम हवा का न रास होगा, अभी न दामन बचा रहा है।

बना लिए घर बुलंदियों पर, जहाँ क़फ़स का गुमान होता
जमीं न अपनी फ़लक न अपना, अजीब जल्वा बता रहा है।

अजाब जाहिर न कर सकेंगे, तमाम ग़म हैं अलग अलग से
असर दुआ में नज़र न आया, नसीब क्या क्या दिखा रहा है।

गुरेज़ ग़म से लिहाज दिल का, सुकून से फिर तबाह होना
न साथ कोई न चाह कोई, हयात का सिल्सिला रहा है।

तमाम बातें कही न जातीं, न जख़्म अपने दिखाए जाते
अलम छिपा के कहाँ सँभालें, हमें यही डर सता रहा है।

108)

अनसुनी करके सदाऐं चल दिए।
ओढ कर गम की रिदाऐं चल दिए।

सर्द आहें और आँखों में अँधेरे
साथ में लेकर बलाऐं चल दिए।

इस कदर गहरी उमस है और आप
ले के ये सारी घटाऐं चल दिए।

अब मयस्सर चैन किसको है यहाँ
फिर नई पा के सजाऐं चल दिए।

जब नहीं पिघला ये दरिया बर्फ का
याद कर ठंडी हवाऐं चल दिए।

तीरगी को हमने देखा ही नहीं
ले के हम तेरी शुआऐं चल दिए।

घर से बाहर जब हमें जाना पडा
साथ ले माँ की दुआऐं चल दिए।

www.ingramcontent.com/pod-product-compliance
Lightning Source LLC
Chambersburg PA
CBHW051143020726
47501CB00005B/1650
* 9 7 8 8 1 9 3 8 3 4 4 4 2 *